mw

Schlitzöhrige Geschichten aus Hohenlohe
Band I

Manfred Wankmüller

Schlitzöhrige Geschichten aus Hohenlohe

Band I

Illustriert von Maria Reiner-Richter

Allen Liebhabern
des Hohenloher Landes vorgelegt
von mw

BAIER BPB VERLAG

Baier Verlag, 74551 Crailsheim
www.baier-verlag.de
Satz: Hansjörg Wirth
ISBN: 978-3-929233-68-1

Vorwort

Wer mich fragt, ob die Geschichten, die ich hier als Auswahl aus ein paar hundert ähnlichen Geschichten vorlege, auch tatsächlich wahr sind, dem muss ich sagen, dass keine von ihnen „ganz un goar verlouche iss". Wollte man sie von Grund auf erfinden, sie wären ohne Saft und Kraft, und so steckt in jeder dieser Geschichten auch ein Stückchen Geschehnis, so wie das eine Wort im anderen verborgen ist.

Diese Begebenheiten, um die ich noch meine Lust am Fabulieren spielen lasse, werden mir am Abend erzählt, wenn ich irgendwo im Hohenlohischen bei einem Viertele Heuholzer Spielbühl, einem Niedernhaller Distelfink oder einem Markelsheimer Probstberg mit ein paar vergnüglichen Leuten zusammensitze. Dann fängt auf einmal irgendeiner mit den Augen zu zwinkern an und meint: „Härr Ardigelschreiwer, i wissed ebbes. Bloass, dass mr's ei'felld, doa selld i hald a weng a Gehirnnahrung hoowe, wisse S', sou a flissichi, wue a in alli Gehirnwindunge neifliesse kou!" Das kostet dann allemal ein paar Viertele, denn meistens ist die „Flissichkeid" beim erstenmal gerade nicht in die richtige Gehirnwindung hineingekommen. Oder es hält mich einer auf der Straße an, macht den Finger krumm und fängt an zu erzählen. Oft kommen auch Briefe, in denen mir von einer Begebenheit berichtet wird, oder ich werde gebeten, einmal vorbeizukommen.

Kurzum, es gibt viele Wege, auf denen meine Geschichten zu mir wandern. Freilich muss ich manchmal aus zwei oder drei dieser Schilderungen eine fertigen, und dann ist es eine höhere Form der Wahrheit, in der sie geschrieben ist. Ich kann mich darum auch nicht für jedes Wort verbürgen, das hier gesprochen wird, und nicht selten stammt der

Anfang einer Erzählung aus einem Weiler im Jagsttal und das Ende aus einer kleinen Stadt am Kocher.

Die „Betroffenen" mögen mir alle nicht böse sein, ich bitte sie herzlich darum, in keiner Zeile und mit keinem Wort will ich ihnen wehtun. Im Gegenteil, ich liebe sie sogar sehr, die unheldischen Helden meiner Geschichten. Was ihnen auch passiert ist in dieser reichlich widerwärtigen Welt, sie haben Tapferkeit, Humor, Selbstvertrauen und eine gehörige Portion Intelligenz bewiesen, lauter Eigenschaften, die heute recht selten geworden sind. Sie helfen mir auch, etwas zu erhalten, was immer mehr verlorenzugehen droht: Unsere hohenlohische Mundart und unsere hohenlohische Eigenart. Dafür danke ich ihnen.

Ich schicke sie daher dorthin zurück, woher sie gekommen sind, die schlitzöhrigen Geschichten aus Hohenlohe: Zu meinen Hohenlohern und all denen, die gleich mir dieses schöne, lebensfrohe Land lieben.

mw

Hohenloher Schöpfunggeschichte

„Aan will i noch mache“, sprach der liebe Gott am siebten Schöpfungstag zum Engel Gabriel, „aan mid ’m ganz bsundere Bfiff!“, und wies auf die Gestalten hin, die er bereits gefertigt hatte: Indianer und Kaffern und Franzmänner und Engländer und Sachsen.

„Laaf wahli numm un holl mr noch an Batze Lädde, vor’m Beedleide muess’r ferdi sei!“

Der Engel Gabriel schwirrte ab und kam mit einer Handvoll Blauletten zurück. „Ka anderer iss nimmi doa, liewer Godd“, meinte er, „dr ganze Reschd vun demm schääne gelwe Lädde iss fär die Haufe Kihnese druffgange!“

„Mechd nix“, sagte der Schöpfer gut gelaunt, „denn krieche mr aa sou nou!“ Und da ihm an diesem paradiesisch schönen Abend die Arbeit besonders leicht von der Hand ging, stand eine Viertelstunde später ein Prachtskerl auf der Töpferscheibe: leicht mager, was auf gute Rasse schließen läßt, kühn der Blick und ein fröhlicher Zug um den Mund.

Der liebe Gott stand zufrieden auf. „Sou, Gawriel“, sagte er, „ietzt kouschd di Kerrlich brenne! I gäh middlerweile fär a halwi Schdund ins ‚Goldene Himelsdoor‘ un drink a Värdele.“

Der Gabriel machte sich sogleich ans Werk, aber – o großes Mißgeschick – als er die letzte Ladung in den Brennofen schob, stieß er mit dem Blech an die Ofentür und ausgerechnet das Meisterstück fiel um.

„Heilichs Blechle“, stöhnte der himmlische Unglückswurm, denn der Prachtskerl aus Blauletten hatte dort, wo das Hinterteil sein sollte, eine Mordsdalle und auch der Hinterkopf war plattgedrückt. Der Gabriel probierte schnell ein wenig herum, aber die Sache gelang ihm nur

unvollkommen, vor allem entstand genau hinter dem Ohr bei dieser eilfertigen Reparatur eine kleine Falte. Und in diesem — sozusagen schlitzöhrigen Zustand — wurde der Umgefallene gebrannt.

Als der liebe Gott das Brennergebnis besah, fiel ihm die Sache gleich auf. Da jedoch aus den Händen des Schöpfers nichts Unvollkommenes kommen kann, meinte der Herr, das solle von aller Welt nicht als Fehler, sondern als Auszeichnung angesehen werden. Und zum vollständigen Ausgleich des Schadens schickte er sein Lieblingswerk nicht am Jangtsekiang auf die Erde, wie den Chinesen, und nicht im schwarzen Afrika oder in der Nähe von Berlin, sondern unweit von Bartenstein im Hohenloheschen.

Bumms, tat es, als es den Hohenloher auf die hohenlohesche Erde hieb. Doch er stand frohgemut auf, sah das liebliche Ettetal mit dem weiten Jagsttal im Hintergrund, die Weingärten entlang der Tauber, die herrlichen Waldenburger Berge, die reichen Obstgärten um Öhringen, die fruchtbringende Haller Ebene und das Wiesen- und Weideland gegen die Rothenburger Landwehr zu.

„Doa bleib i, doa gfelld's mr", sprach der Hohenloher. Er gründete sogleich ein halbes Dutzend Fürstentümer, begann mit der Hummeleszucht und baute etliche Wirtshäuser; denn da er aus Blauletten gemacht ist, einer Lehmart, die besonders viel Flüssigkeit braucht, um geschmeidig zu sein, hat er alleweil argen, sozusagen himmlisch bedingten Durst.

Das alles aber zusammen: die Schlitzöhrigkeit und die absonderliche Leiblichkeit, die hohe Schöpferlaune des lieben Gottes und der Blauletten, das macht aus, dass über den Hohenloher so viele heiterhintersinnige Geschichten erzählt werden können. Wie im Folgenden bewiesen wird...

„Ooh!“

Die Hohenloher Sprache ist für den, der das rechte Ohr zum Hören hat, eine wunderbare Sprache. Sie ist vollmundig wie der heimische Wein, bewegt wie die Oberfläche der Hohenloher Ebene, zungenfertig wie das Geläuf der kleinen Bäche, die die Täler durcheilen, und kraftvoll wie die mannsstarken Bullen, die hier gezüchtet werden. Sie kann zärtlich klingen und rauh, herb und ernst, und sie ist die Sprache großer Diplomaten. Kurzum, das Hohenlohesche ist eine wirkliche Hochsprache.

Menschen fremder Zunge haben es mitunter schwer mit ihr, denn sie ist keine wohlfeile Dirne. Im Gegenteil, sie gleicht einem Mädchen, das seinen Liebhaber sehr wohl auswählt, um dann freilich ganz sein eigen zu sein.

Junge aufstrebende Pädagogen, wie sie aus dem übrigen Vaterland immer wieder ins Hohenlohesche geschickt werden, um hier die letzte Restreife für ihr Amt zu erlangen, kommen da gelegentlich in Schwierigkeiten. So wie dieser Tage eine junge, recht hübsche und liebenswerte Lehrerin in einem kleinen hohenloheschen Landort. Sie wollte von ihren Erstklässlern wissen, welche Wörter mit dem schönen, mundrunden Buchstaben O angehen.

Die kleinen Maidlein und Männer überlegten kurz, dann sausten die Finger in die Höhe. „I waass wass“, tönte es von vorn und hinten und links und rechts. „Ochs“ und „Otto“ und „Opel“ und „Ostern“ und „Oblaten“ und „Orden“ kamen als Beispiele.

„Genug“, meinte schließlich die junge Pädagogin, als ganz hinten der Karle noch mit dem Arm wedelte als hockte ihm ein ganzer Bienenschwarm im Ärmel. Worauf sie guten Herzens auch noch den Karle fragte, was er denn für ein Wort mit O wisse. Darauf der Karle in die Höhe fuhr, die Brust herausstreckte gleich einem Gardekürassier und verkündete „Oorsch, Freillein Lehrer!“

Die Lehrerin konnte nur noch „Ooh!“ stammeln, was schließlich und endlich auch mit O angeht.

Das „Schlitzohr“

Eine der stammestypischen Eigenheiten des hohenloheschen Menschen ist seine „Schlitzöhrigkeit“. Es ist nun freilich nicht so, dass die meisten Hohenloher mit gespaltenen Ohrlappen durch die Landschaft um Kocher, Jagst und Tauber wandeln. Die Sache ist stark inwendig! Doch um nicht lange langweilige theoretische Erklärungen geben zu müssen, was ein „schlitzöhriger“ Mensch ist, lieber eine kleine, durchaus wahre Geschichte:

Ihr „Held“ oder besser, ihr „Unheld“, um nicht zu sagen ihr „Unhold“, ist der Leberkäs-Konrad, ein stattlicher hiesiger Mensch, der eine in halb Hohenlohe berühmte kleine Gaststätte betreibt. Da er ein hochkünstlerisch veranlagter Typ ist — sein Bruder hat als Maler einen international bekannten Namen, — kocht, brutzelt und backt er mit einer Leidenschaft, die aus seiner Küche die einfallsreichsten Gerichte kommen lässt. Was den Leberkäs-Konrad (er ist so benannt nach einem selbst gemachten, ungemein gaumenfreundlichen Leberkäs) noch auszeichnet, das ist eine nicht nur einfache, sondern gleich dreifache „Schlitzöhrigkeit“. Seine Opfer sucht er da und dort und neulich fand er deren gleich zwei in einem hohenloheschen Lokal namens „Sonne“. Er saß in diesem ihm befreundeten Etablissement noch zu später Stunde und bemerkte am Nebentisch einen ebenfalls ortsansässigen, ihm wohlbekannten Gast, den dicken Erwin, einen braven Handwerksmeister, der schon ein hübsches Quantum genossen hatte. Kaum war nun der Wirt für einen Augenblick draußen, wandte er sich an den Erwin und sagte: „Sou, bisch aa a weng in dr ‚Sunne‘?“ Der Tischnachbar nickte freundlich, worauf der Leberkäs-Konrad meinte: „Wall mir aldi Freind sinn, will i dir bloaß schnell ebbes

sooche. Där ‚Sunne'-Wärd, des is fei a Fogedives! Där schreibd seine Gäschd, wenn's a weng wagger drunke hewwe, gääre a Värdele z'viel uff. Bass norr uff, wenn d'zohlschd! Lass dr awwer joo nix oumärge, dass i dir wass g'socht hobb!"

Als wenig später der Gast kurz entschwunden war (sind doch hohenlohesche Bläsle auch nicht bis zum letzten strapazierbar), winkte der Leberkäs-Konrad dem Wirt und flüsterte diesem ins Ohr: „Schnell, solange 'r drausse is! I will die als alde Kolleeche bloass druff uffmärgsam mache, dass beim Zoohle aufbasse mueschd. Där Erwin, där zoohld nehmli nedd gäre. Där schdreided immer a Värdele oo und sechd, er hädd's nedd drunke! Awwer schrengschde Disgrädsion!"

Eine Viertelstund später meinte der Erwin: „Zoohle!" Der Wirt kam und rechnete: „Zwei Bier — neinzich. Zwaa Zigarre — achzich. Vier Värdeli — finffsächzich!" Der Erwin sah ihn daraufhin misstrauisch an und meinte: „Haschd di doa aa nedd um a Värdele verdoane?" Das war für den Wirt das Stichwort: „Bei mir gähd's fei reell zue", sagte er so spitz wie der Giftzahn einer indischen

Königskobra. „Awwer mr wass jo, dass du gäre a Värdele abschdreideschd!“

„Sell iss a Liecherei“, schrie nun zornentbrannt der Erwin, „sell iss a Beleidichung! I hobb noch immer zoohld, wass i drunke hobb! Awwer vun dir härd mr andersch un jetzt haschd's bei mir aa widder prowiere welle. Awwer i bin nedd dumm, mei Liewer, nedd dumm! Alsou: Zwaa Bier, zwaa Zigarre und drei Värdeli! Und dass d's waasch, dei Bedriecherlokal bedreed i nimmi!“

„Bedriecherlokal!“, schrie der „Sonnen“-Wirt ins Herz getroffen. „Wenn du ietzt nedd glei dei Gosch hellschd, noa. . .

In dem Augenblick stand der Leberkäs-Konrad auf, lächelte wundermild und meinte: „Do gäh i liewer haam. Mir iss nehmli nix widerwärdicher, als wenn sich zwaa Menner iwwer sou a Klaanichkeit wi a Värdele schdreide kenne! Friede muess mr halde kenne, liewi Leit, Friede!“ Und entschwand, das alte „Schlitzohr“

Das Strafgericht

Der Hohenloher Kopf ist eisenhart — wohl infolge des hohen Kalkgehalts der heimischen Wasser — doch das Hohenloher Herz ist weich, weicher als es ein Stück Süßrahmbutter unter der sengenden Südseesonne je zu werden vermöchte. Von dieser fast unbeschreiblichen Weichheit zeugt die nachfolgende Geschichte, die wahr und verbürgt ist, obwohl sie von einem Jäger handelt.

Dieser, ein bekannter, liebenswürdiger und humoriger Mensch, hockte erst neulich abends auf einem Hochsitz und wartete auf den Bock. Dreieinhalb Stunden saß er schon dort oben in luftiger Höhe, obwohl (mit aller Schicklichkeit sei's gesagt) das Bläslein ihn arg bedrängte, hatte es doch zum Mittagessen Kartoffelschnitz und Spätzle gegeben, ein Gericht, das ebenso wohlschmeckend wie wasserhaltig ist.

Da, auf einmal, kurz vor dem Hinschwinden des letzten Büchsenlichts, kam der Bock. Ein herrlicher Bursche, und unbeirrt zog er näher, auf den Hochstand zu. Schon hob der Jäger die Büchse, schloss das linke und öffnete das tödlich sichere rechte Auge weit zum Visieren über Kimme und Korn, als auf dem unter dem Hochstand hindurchführenden Weg ein Schritt erklang. Wer kam da daher? Ein Kurgast war's, ein Dämmerungswanderer, und nicht nur, dass er schritt, er hub auch plötzlich noch an zu singen. „Der Mond ist aufgegangen", sang er mit Inbrunst in den Wald, und der Jäger dachte nur noch eins: „O liebe Zeit, das Lied hat sieben Strophen, bis der fertig ist, ist der Bock längst weg!"

In der Tat hielt der Bock das Singen auch nicht lange aus. Er „schimpfte" plötzlich lauthals und ging murrend ab.

Dafür kam der Wanderer näher und näher, jetzt schon bei der vorletzten Strophe angelangt. Und immer schöner klang's durch Wald und Busch, immer brünstiger sang die liedfrohe Kehle.

Wer kann's dem Jäger verdenken, dass ihn droben auf seinem Hochsitz ein Grimm erfasste und er wirksame Rache beschloss? Den Sänger durch einen Schuss in die Luft einfach zu erschrecken, schien ihm zu grob und zu wenig listenreich, doch dann brachte ihn das unversehens wieder quälende Bläslein auf den rechten Gedanken. Er wollte zur Strafe ein mildes Wässerlein auf den Singvogel niederschicken, so wie die Kinder glauben, dass es die Englein bei einem milden Maienregen tun. Schon fasste er Druckpunkt, denn der Mann war dicht unter ihm, da sang der voll Süße und Seelenfreude die Strophe: „Behüt uns Gott vor Strafen. . ."

Dem Jäger — er versicherte dies selbst einem Freund — verschlug's ob solchen innigen Gebets die Rachegedanken samt dem Wässerlein, er packte zusammen und ließ den Missetäter ziehen, obwohl ihm dieser den schönsten Bock des Jahres vergrämt hatte.

Wie weit und weich, o Mensch, ist doch das Hohenloher Herz!

Sämannslos

Der hohenlohesche Mensch — erdzugewandt und sehr fürs Standfeste — ist an und für sich kein Seemannstyp. Schon allein sein schlodderiges Beinwerk würde ihn kaum befähigen, bei Windstärke zwölf über ein Schiffsdeck zu laufen, und so bleibt er lieber an Land. Bisweilen zwingen ihn jedoch starke Schicksalkräfte dazu, auch einmal seemännisch zu werden, und dann erweist er, dass er vielseitig ist und in navigatorischen Dingen höchst geschickt.

Die Kunde von einem solchen Ereignis kommt aus dem Tal zu uns her. Dort war als Wirkung der bösartigen Regenfälle der letzten Wochen der Fluss stark angeschwollen, und auch der kleine Zulauf führte kolossales Wasser.

Gefahr bestand allerdings kaum, und so dachte niemand Arges, als es jenes Tags über Hohenlohe einen fulminanten Wolkenbruch herunterhieb. Die Bäuerin auf einem nahe an der Jagst gelegenen Hof sah eben aus dem Fenster in den Regenguss hinaus, da wurde ihr Auge starr: Wie die Sintflut kam der Wildbach dahergebraust, drang über die Ufer, in den Garten und auf den Hof.

„Mou!“ schrie die Bäuerin in bleichem Entsetzen, „‘s Wasser kummd, un mir miesse alli versaufe!“

Der SOS-Ruf drang nicht bis zu dem Bauern, und dieser hätte ihn vermutlich auch beim Vernehmen nicht folgen können, denn er befand sich gerade in einer jener kleinen, hölzernen Behausungen, wie sie früher seitab des Anwesens zur Erledigung besonders förderlicher Geschäfte errichtet worden sind.

Sein Tun war bereits vollendet, doch er traute sich nicht heraus, goss es doch wie aus Kübeln und er war nur mit Hemd, Hose und seiner lieben Heimatzeitung versehen zu dem stillen Ort geschlappt.

Plötzlich fühlte er sein hölzernes Behältnis schwanken, Wasser drang herein, umspülte seine Beine, und dann fuhr auch schon alles dahin: die vier Wände, der fichtene Sitz, die Tür mit dem herzförmigen Ausschnitt und der Bauer. Sie fuhren akkurat in die Jagst, drehten sich ein paarmal munter im Kreise und steuerten dann in horizontaler Lage dem fernen Weltmeer zu.

Die Bäuerin schrie zum zweitenmal: „Um Hiimelswille", schrie sie, „dr Bauer gähd ab und 's ganz Scheißheißle gähd mied!"

Doch Hohenloher Frauen sind im Unglück riesengroß. Und so sauste die Bäuerin zur Küche hinaus, alarmierte den ältesten Sohn, der gerade vorn am Stall die Wasser abwehrte, und noch den Nachbarn dazu.

„Doa", rief sie und wies auf die Jagst, „doa schwimmd'r, mei gueder Mou! Mir miesse'n redde!"

Durch kniehohes Wasser sauste die tapfere hohenlohesche Landfrau, riss ein Fahrrad aus dem Schuppen, stieg auf und stob hinaus auf die Straße, die entlang der Jagst talabwärts führt.

Nebenan im Gewässer fuhr das schwankende Schiff mit seinem hemdigen Kapitän. Es stieß gegen einen Ast, drohte zu kippen, raste hinein in den schäumenden Gischt, verschwand sekundenschnell und tauchte wieder auf. Das Herz in der weitoffenen Holztür war der einzige Trost in dieser furchtbaren Situation.

„Mou, du mueschd ans Ufer schdeiere!" schrie die Bäuerin vom Fahrrad aus hinüber, „weider unde kummd's Währ!"

Das war ein guter Rat, aber womit? Endlich hatte der Bauer ein Ruder zur Hand: ein Brett mit einer kreisrunden Öffnung inmitten. Das schwang er nach rechts und nach links und langsam geriet das Fahrzeug ans Ufer. Da, einen Meter noch vom rettenden Strand entfernt, wurde es jäh vom Strudel des Wehrs erfasst und donnernd schoss es in die Tiefe.

Doch, o Wunder, es tauchte wieder auf. Machtvoll schwang der Mann sein Paddel, kämpfte sich Zentimeter um Zentimeter vorwärts, tat einen letzten, gewaltigen

Schlag, der allein schon gereicht hätte, das Rennen auf der Themse zu entscheiden, und ward gerettet.

Sein Weib sank ihm mit einem Aufschrei in den Arm. Er aber machte sich blitzschnell wieder frei, ergriff das Fahrrad, sprang auf und schrie: „Lass mi, i muess wahli uff'n Loguss!“

Sportsmann in Hohenlohe

Der Hohenloher Mensch ist — entgegen mancher landläufigen Meinung — ein durchaus sportlich gesonnener Mensch. Da er als Franke jedem Überschwänglichen abhold ist, erreicht er zwar ungern Rekordleistungen (wie etwa der stets auf Wirkung bedachte Preuße oder der lustvoll mit seinen urwüchsigen Leibeskräften umgehende Bayer), doch gelingen ihm so oft leibessportliche Darbietungen von atemberaubender Eleganz und Originalität, was die nachstehende Begebenheit sogleich erläutern wird:

Die Sportstätte, auf der sich das Geschehnis vollzog, liegt irgendwo im Hohenloheschen am Ufer eines der in edlen Schwüngen durch die Landschaft fließenden hohenloheschen Gewässer. Dort erhebt sich ein mittleres industrielles Unternehmen, dessen Inhaber nicht nur voll Stolz auf die Produktion eines vielgefragten Erzeugnisses hinweisen kann, sondern auch auf die von zwei strammen Söhnen. Dieser Mann nun saß in den letzten heißen Tagen in seinem Büro, angetan mit Shorts, einem kurzärmligen Hemd und zehenfreien Sandalen, also in einer sportliche Leistungen sehr begünstigenden Umhüllung.

Da hörte er draußen auf dem Vorplatz des Unternehmens seine beiden Söhne jubilieren und frohlocken, in welches Lustgeschrei noch ein paar andere Buben miteinstimmten, die sich durch das Hin- und Herkicken von alten Tennisbällen (der Vater ist ein Anhänger des ballschlagenden Sports) vergnügten. Sie schossen auf ein durch zwei Holzstücke markiertes Tor und trafen meist daneben.

Das reizte den Sportsmann im Innern des Gebäudes. Er ließ seinen Betriebsabrechnungsbogen sinken und eilte sausenden Gebeines hinaus auf den Hof, wo er sich ohne lange Vorrede mit urigem Balltreterschrei auf einen seitab liegenden Tennisball stürzte. Wie die Taue einer Dreimastbark spannten sich die Muskeln seiner Waden, der Oberkörper zuckte in kraftvoller Spannung vor und zurück, das Schlagbein hob sich zu einem Schuss, gegen dessen Gewalt selbst ein Jaschin oder ein Gilmar machtlos gewesen wäre, und dann donnerten seine Zehen auf den Ball. Die Söhne samt Freunden sahen es mit staunender Bewunderung.

Doch statt dass der Ball nun weit über den Platz jagte (zur Freude der Jungmannen möglichst in ein geschlossenes Fenster), blieb er trotz der unerhörten Wucht des Schlages liegen. An seiner Stelle bewegte sich der väterliche Balltreter. Er stieß einen Laut aus, der an das Brüllen eines sterbenden Elefanten erinnerte, krümmte das Schlagbein mit jähem Ruck nach oben, umspannte es mit beiden Händen und tanzte dazu auf dem anderen Bein einen wunderlichen Tanz, der sich nach Aussagen von Beobachtern, die auf den Klageschrei hin sofort an die Fenster eilten, etwa mit einem einbeinig getanzten French Can-Can der jungen Josephine Baker oder dem eines afrikanischen Stammeshäuptlings vergleichen läßt, der aus entwicklungshilflichen Gründen in Bonn einen kultischen Tanz vorführt.

Nach drei Minuten verebbte die von rhythmischen Wimmerlauten begleitete Tanzvorführung, und der Vater hüpfte auf einem Bein in das Gebäude zurück, wo er sogleich Erste Hilfe in Anspruch nahm. Sein großer Zehen färbte sich zuerst grün, dann gelb, dann blau, um schließlich zu der Größe und Form einer mittleren Gewürzgurke anzuschwellen.

Die Söhne draußen besahen sich hingegen den „Ball“ und meinten: „Waas muess där Drollhouss aa grood uff di Eisekuchel druffhaue, wue mir uns zum Kuchelstoasse noug‘richded hewwe?“

Kameraden

„Auf Brüder, wir trinken noch eins“, sang der stimmgewaltige Florian, und hoch hob er das Glas, der frohmütige Zecher. Die Freunde ringsum am Tisch taten es ihm nach und ein Gläserklirren, Zungenschnalzen und Schlürfen drang durch die Nacht, dass es dem guten alten hohenloheschen Mond dort oben nicht minder lüstlich nach einem Glas Heilbronner Wartberg Riesling wurde.

So ging es noch eine ganze Weile, aber auf einmal packte es den Florian recht herb. Er sammelte zuerst mühsam sein langes hohenlohesches Gebein zusammen, dann nahm er seinen lieben Freund Anton am Arm und sprach: „I schätz, ’s iss ietzt hechschdi Zeid, dass mr haamgähne!“

So gingen sie denn dahin, die beiden treuen Gesponste. Mühsam wankten und schwankten sie durch die dunkle Nacht, wie zwei Fregatten, die im harten Sturm den rettenden Hafen suchen.

„Andohn“, sprach der Florian, „haschd du Engschd vor der Heimkehr?“

„Nein“, antwortete der, „wenn zwei Kameraden zusammenschdähn, dann kann kein Schicksal sie fällen und auch kein grollendes Weib!“

Doch das Schicksal — den Tapferen schon immer gern boshaft gesinnt — hatte bereits eine Falle aufgetan. Es hatte sie gewissermaßen durch eine Tiefbaufirma in Gestalt eines ungemein maulsperrigen Wasserleitungsgrabens errichten lassen und in den segelten die beiden Freunde so ahnungslos hinein wie die Perserflotte bei Salamis vor die Flinten der Griechen.

Da half kein Halten und Armeschlagen mehr, denn so sehr die Heilbronner Stadt den Hohenloher Landmenschen verbunden ist, so sehr ist ihr Wein darauf bedacht, diese hinterrücks zu fällen. Zuerst hieb es den Anton hinunter und dann kam, in kühnem, artistisch vollendetem Flug der Florian hinterher. In der Tiefe fanden sie sich wieder, ringsum war nichts als Schlamm, Dunkelheit und Heimweh.

„Andohn", sagte der Florian, als sie sich wieder gefasst hatten, „mir sind verloren, dahingegangen in der schenschden Bliede unseres jungen Lebens!"

Der Anton wollte schon nicken, da sah er hoch über seinem Haupte einen einsamen Stern leuchten. „Ha", schrie er, „solange ein Schdern zwei Kameraden noch leichded, solange sind sie nicht dem Untergang geweiht!"

Und siehe, soviel Zuversicht trog auch nicht. Der Florian und der Anton fanden eine Leiter und an der gingen sie hoch wie zwei Laubfrösche, die gutes Wetter verkünden.

Im Licht einer Straßenlaterne betrachteten sich die beiden und wurden bleicher noch als der bleiche Mond.

„Heilichs Blechle, sou kenne mr nedd haam", stammelte der Anton, und der Florian gab ihm recht, denn Schlamm und Dreck bedeckten die beiden Mannen von oben bis unten.

Aber nun siegte wieder einmal der unüberwindliche Hohenloher Geist. „Kumm mied", sprach der Florian, „i waass an Road!" Er führte den Freund in seine Autoreparaturwerkstatt, schloss einen Schlauch an und spritzte ihn solange ab, bis der Anton zwar vollsaftig, aber so rein, innig und klar dastand wie ein holdes Wassernixlein. Worauf sich die Prozedur an ihm selbst wiederholte.

So kehrten denn die beiden Männer in schönster Klar- und Nüchternheit in ihre ehelichen Schlafgemache heim. Wo der Anton den Ausspruch tat: „Geliebtes Weib! Du siehschd mich zwar nass, aber warum? Weill ich einen Freind und Kameraden gerettet aus tiefschder Not!"

Und das ehrt ihn doch schließlich, den redlichen Mann!

Das Sauglück

„Jetzt hobb i's awwer gnuech, 's nechschdmoal werre di erschde vier glei an d'Wend babbd!“ Dieser meuchelmörderische Schwur wurde vor etlichen Monaten im Stall eines hällisch-hohenloheschen Schweinezüchters getan, dessen „Dausche“ nun schon zum zweitenmal mit einem Wurf von achtzehn „Seillich“ niedergekommen war.

Ein solches Sauglück ist jedoch gar kein Sauglück, denn die Natur hat es wohlweislich so eingerichtet, dass eine „Dausche“ normalerweise nun vierzehn Zitzen besitzt und füglich auch nicht mehr Ferkel ernähren kann. Ein jedes dieser rosigen kleinen Schweinekerlchen erkämpft sich nämlich schon in den ersten Tagen seine eigene Milchversorgung, und wehe, wenn sie ihm streitig gemacht wird!

Unser hohenlohescher Schweinezüchter war also beidesmal mit seinem Sauglück in arge Schwierigkeiten gekommen, denn vier ewig hungrige Ferkel mit der Flasche zu ernähren, das war bei dem Leutemangel zuviel verlangt und ein paar der Überzähligen gingen denn auch sehr bald ein.

Nun, eines Tages „rummste“ die Sau erneut, tat ihren hochzeitlichen Gang zum Eber und kehrte in guter Hoffnung wieder zurück. Als es nun so weit war, dass sie sich ins Wochenbett legte — die Hohenloher besitzen dafür den schönen, schlichten Ausdruck „fäckle“ — sah sich unser hohenlohescher Bauer an seinen dereinstigen Schwur erinnert.

Voll Grimm über die allzufreudige Mutter wartete er das erste Ferkelchen ab, dann das zweite, dann das dritte und dann das vierte und machte ihnen — allerdings auf humane Art — den Garaus.

„Sou“, schrie der Meuchelmörder nach vollbrachter Untat, „ietzt kennd’r kumme!“

Und dann wartete er eine ganze und dann nochmal eine ganze Stunde, aber es kam — nichts mehr! So kann es mit dem Sauglück auch gehen und geschehen!

Fahrerflucht

Es war ein herrlich blauer Sommertag, die Sonne schien über die hohenloheschen Lande, Schloss Langenburg erhob in unzerstörter Pracht seine gewaltigen Türme in den Himmel und auf einer Mauer vor dem Schloss saß eine Dame und schaute genüsslich auf Blumen, Landschaft und touristisches Volk.

Zu gleicher Zeit stank ein braver Hohenloher mit seinem Moped die Bächlinger Steige hinauf. „Töfftöff" machte das Schnauferl und sein Besitzer, ein nebenberuflich handelsvertreterisch tätiger Mensch, wirkte wacker tretend mit, denn die Zündkerze war verrußt. Endlich war er oben und bog sanftkurvig in den Parkplatz des Schlosses ein.

Dort lehnte er, heftig transpirierend von dem kilometerlangen Tretvorgang, sein Velociped an die Mauer und wollte sich, angelockt durch die eisschlotzenden und fröhlichen Menschen, auch ins berühmte Schlosscafé im Rosengarten begeben.

Da fiel ihm ein, dass die Abschließvorrichtung seines Fahrzeugs nicht funktionierte und das unentbehrliche Requisit seines Nebeneinkommens also höchst diebstahlgefährdet war.

Die genüsslich auf der Mauer sitzende Dame inspirierte ihn jedoch zu einer Idee. „Sie", sprach er, „kennde Sie nedd a halwi Schdund auf mei Mobeedle uffbasse? I will bloass gschwind ins Schlousskaffeeh un ebbes drinke!"

Die Dame nickte freundlich, und der Mann schob glücklich, eine so willige Helferin gefunden zu haben, ab.

Nach einer halben Stunde kehrte er pünktlich zurück und fand noch alles vor wie er es verlassen: Dame samt Moped. Die tiefe Hohenloher Dankbarkeit erforderte es, dass er sich mit der Wächterin in ein Gespräch einließ.

„Wenn mr sou a Schlouss hadd“, ließ er sich vernehmen, und wies auf das Haus der Hohenlohe, „noa iss mr scho a reicher Mou. D’ Färschdinn schdammd sogar aus’m griechische Keenichshaus wi mr häärd.“ Die Dame quittierte dies leicht lächelnd. „Dr Fillibb aus England sell iwwrichens aa widder kumme“, fuhr der Leutselige fort, „dess iss nehmli dr Brueder vun dr Färschdinn!“ Ja, meinte die Dame, sie habe auch schon davon vernommen.

So ging die Unterhaltung noch eine kleine Weile, bis auf einmal ein Mensch in grünem Weidmannswams dem Schloss entschritt, der Dame ansichtig wurde, höflich grüßte und sagte: „Guten Abend, Königliche Hoheit!“

So schnell fährt keine Mondrakete in die Luft, wie es daraufhin unser braver Hohenloher tat. Er wurde knallrot, und im argen Schrecken darüber, mit wem er da so ungeniert geplaudert, entfuhren ihm die herzhaften, wenngleich hohenlohesch-historischen Worte:

„Ha, ietzt lägg mi doch glei am Oorsch! A Keenichlichi Hoheid sann Sie?“ Worauf er eilends auf sein Moped schnalzte und im Rennstart entschwand.

Er hinterließ eine Königliche Hoheit, die sich königlich amüsierte.

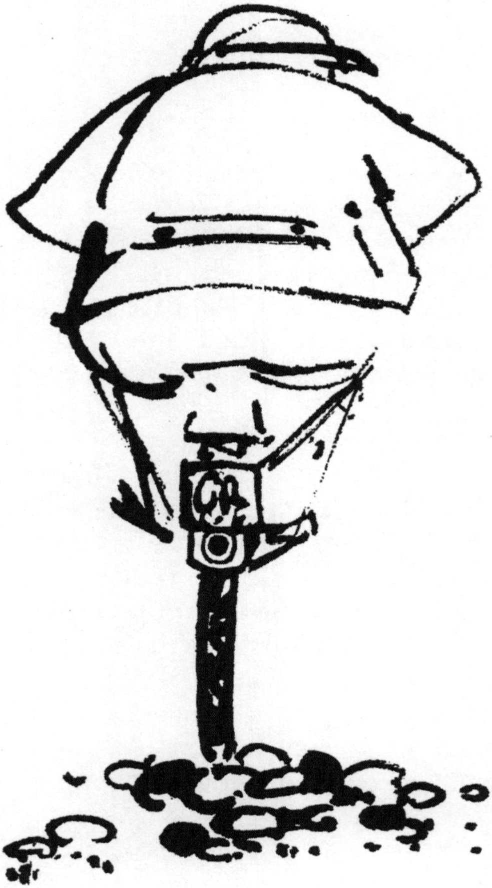

Totalverlust

In den Stall einer beschaulich nahe der Grenze des Hohenloher Landes liegenden Gemeinde war unlängst ein neuer Bulle eingestellt worden. Ein Kerl, massig, rumpfig, quellig, mit Augen wie Feuer und zwei Hörnern, die selbst den berühmtesten spanischen Torero zum bleichen Knieschlotterer gemacht hätten. Runde 6000 DM hatte er gekostet, und soviel war das Blut auch wert, das in seinen Adern rauschte.

Doch mit des Geschickes Mächten. . .

Der neue Bulle hatte einen Vorgänger. Brav und redlich hatte er seine Pflicht getan, nun sollte er in die Wurst. Er stand im Stand 1, hier war seine Heimat, hier hatte er viele Jahre mit verhangenen Augen von seinem Idol geträumt, einer Jungkuh mit den Maßen der Sofia Loren. Oder so. . .

In Stand 3 wurde der Neue aufgestellt, der Feurige, dem die Zukunft gehörte. Wie es kam, dass die beiden Bullen ihre Boxen tauschten, lässt sich nicht mehr klären, jedenfalls stand am nächsten Morgen der Junge, Starke, in 1 und der müde Mann hatte die Nummer 3 zur Herberge.

Der Farrenwärter musste akkurat an diesem Vormittag kurz auswärts, und um acht Uhr in der Frühe kam der Metzger, leider, sonst wär's vielleicht nicht passiert, kein Ortsansässiger.

„I will den Bulle zum Schlachde holle", sprach er, und die Farrenwärtersfrau antwortete mechanisch: „In Schdand aans schdähd'r."

Der Metzger marschierte dorthin, besah seine Erwerbung und frohlockte innig ob des guten Griffs, den er da getan hatte. Misstrauisch war er nicht, kommt es doch gelegentlich vor, dass auch ein Junger unter den Bullen den Weg alles Fleisches zu gehen hat, wenn er nicht vermag, was er soll.

Gegen Mittag kam der Farrenwärter zurück, erfuhr, dass der Metzger den Bullen zum Schlachten geholt hatte, begab sich zu einer Inspektion in den Stall, und von der Sekunde an verwandelte er sich in einen Düsenjäger von einer Rasanz, gegen die sich der Flug des neuesten Starfigthers wie das sanfte Gaukeln eines Nachtfalters ausnimmt.

Er sauste ans Telefon, zum Bürgermeister und mit dem Auto in den Nachbarort zum Metzger.

Umsonst! Da lag er schon, der Stolz der Gemeinde, gefällt von einem schrecklichen Irrtum und dem tödlichen Bolzen des Metzgergesellen. Dahin war die Herde quelliger, rumpfiger Kälber, und kein Jammern und Klagen half! Nur noch, so heißt es, zum Glück eine Versicherung.

Der Farrenwärter ist seitdem Vegetarier, denn, so sagt er beim Anblick einer jeglichen Wurst: „Vielleichd iss do unser ‚Packer' drin!" Oder wie er sonst hieß, der edle Gefällte.

Einsam am Morgen

Väter von langbeinigen, frohwüchsigen Töchtern haben es nicht leicht, besonders wenn diese in ein Alter kommen, in dem sie nicht mehr mit Puppen spielen, sondern sich so genannten höheren Vergnügungen hingeben wollen. So zum Beispiel dem edlen Reitsport.

Ein solcher Vater, ein Mann und Mensch saftigen Alters, welche Bezeichnung gerechtfertigt erscheint, weil er sich einer gartenpflegerischen Tätigkeit hingibt, wurde unlängst von seiner Tochter angegangen, sie samt einer ebenfalls pferdebeflissenen Freundin zu einem eine Viertel Wegstunde entfernten Bahnhof zu kutschieren, um einen Frühzug zu erreichen. Wollten doch die beiden gespornten und gestiefelten Maiden bei einem Reitturnier beweisen, mit welchem Anstand sie ein widerwilliges Ross zu dirigieren verstehen.

Der Vater brummte missmutig vor sich hin wie ein erzürnter Dachhase, erklärte sich aber, im Grunde hilfreichen Gemüts, bereit Tochter und Freundin zu nachtschlafender Zeit mit dem Wagen außer Orts zu bringen.

Morgens rasselte der Wecker, der Mann und Mensch, aus schönsten Gärtnerträumen erwacht (er hatte gerade die von allen Gartologen heiß angestrebte reinschwarze Rose gezüchtet) fuhr hoch, knurrte: „Waiwerzaich, elendichs!" und machte sich zur Abfahrt bereit. Voll des süßen Gedankens, dass er nach der Rückkehr sofort wieder in den warmen Pfuhl schlüpfen wolle, zog er nur einen künstlerisch beachtlichen, mit Rosen und allerhand sonstigem Blütenwerk besäten Bademantel über den seine Fleischlichkeit umschlotternden Pyjama, schlüpfte in ein Paar Filzpantoffeln, setzte sich in den Wagen, lud die beiden Reiterinnen zu und fuhr die acht Kilometer zum Bahnhof.

Dort verabschiedete er die beiden fröhlichen Geschöpfe mit einem launigen Gruß, hockte sich wieder in den Wagen und brauste heimwärts. Halbwegs fing der Motor plötzlich an zu stottern wie ein Konfirmand, der seinen Spruch nicht weiß, und dann stand das Vehikel so eisern, ehern und unbeweglich da wie weiland der alte Bismarck in Potsdam vor seinem herrlichen jungen Kaiser.

Um es kurz zu sagen: Das Benzin war alle! Inzwischen erhob sich die Sonne, eine bleiche, fahle Morgensonne, ein kühler Wind brauste über die hohenloheschen Gefilde und da stand ein Mann und Mensch auf einsamer Landstraße im Pyjama und Bademantel und musste um Hilfe heischen!

Zuerst winkte er zaghaft, dann fordernder, schließlich verzweifelt den spärlich vorbeihuschenden Kraftfahrern zu, aber keiner hielt. Zu sehr nach Sunset-Strip seven-seven sah der seltsam vermummte Mann im Morgenmantel aus! (Und war es doch nichts als ein treusorgendes Vaterherz, das sich da seiner hohen deutschen Idealen anhängenden Tochter erbarmt hatte, und nun in der Morgenkühle frierend stand!)

Schließlich gab er auf, ließ den Karren stehen und schlich mit Bademantel, Schlotterbeinpyjama und Pantoffeln über Wiesenpfade und Feldwege dem Heimatort zu, immer in der zermürbenden Angst, es könne ihn jemand sehen.

Er kam auch heim, so unerkannt wie dereinst der große Odysseus, nur dass er im Haus keinen von der Freierschar antraf, sondern einzig seine treusorgende Frau, die ihn mit heißem Kaffee, Schnaps und einer Wärmeflasche wieder ins blutvolle, warme Leben zurückriss. (In solch bitterer Stunde erst weiß ein Mann zu schätzen, was er zu Hause hat!)

Eines muss noch nachberichtigt werden. Ein Landwirt und Schlepperfahrer, der ebenfalls schon frühmorgens unterwegs war, sein Ehegesponst auf dem Nebensitz, hatte den im Morgenlicht Stehenden erblickt, sich kurz über dessen sonderliche Gewandung gewundert, und dann, von jäher Erkenntnis überfallen, seiner Frau zugeflüstert: „Hasch'n g'seeche, denn Wieschdling, wie 'r ouzouche iss? Där kummt sicher grood vun anere losen Berson oder sou!"

Drei Goldmedaillen

Hohenlohe gebar aus seinem stets fruchtträchtigen Schoß nicht nur große Gestalten des Geistes (so den Gips-Mayer, den alten Gäwele, den genialen Konditor Wibel oder den scharfsinnigen Literaten Weber, um nur einige aus einer kosmopolitischen Gesellschaft zu nennen), nein, es bringt ebenso Menschen von einer solch kraftvollen Leiblichkeit hervor, dass es bei jedem olympischen Gespiel mit einer eigenen Nationalmannschaft auftreten könnte.

So zeigte erst unlängst ein hohenlohescher Bürgermeister, Oberhaupt eines stattlichen Gemeinwesens, Attraktionen von verblüffender Geschicklich- und Vollkommenheit. Dieser Mann, schlicht, einfach, arbeitsam, aber, wie man gleich erkennen wird, von schönem Ideenreichtum, kam in den hitzigen Tagen eines vergangenen Sommers auf den förderlichen Gedanken, man könne der Dienstvorschrift, dass ein Beamter alles zu tun habe, um sich für seine Obliegenheit frisch zu halten, nicht besser gehorchen, als dass man hin und wieder zur Erquickung an dem ganz in der Nähe des Bürgermeisteramtes gelegenen Badeplatz ins Wasser springe, sich dort abkühle und um dann wieder, sozusagen taufrisch, den Amtsgeschäften nachhängen zu können.

Das tat er auch, und um ja nicht viel Zeit zu verlieren, nahm er seine Badehose — ein übrigens beachtenswertes, edel gestreiftes Produkt der deutschen Trikotagenindustrie — ins Amtszimmer mit, wo er jeweils, wenn vonnöten, aus der Tageshose in diese schlurfte. Wann er wieder im Amt weilte, konnten etwaige Rathausbesucher schon von außen an dem am Fensterkreuz zum Trocknen aufgehängten Badebeinwerk erkennen, ein einfaches aber sinnvolles Signalement.

Eines Nachmittags nun (die Sonne brannte geradezu mörderisch) griff er sich wieder bei einem Anfall innerer Überhitzung das trikotagene Badekleid und eilte mit ihm angetan zum von Einheimischen wie Fremden höchst belebten Badeplatz. Er stand eben inmitten der Badegäste (übrigens gut gebaut, wenngleich mit sanftem Ränzlein, wie es für hohenlohesche Schulzen gehört), da spürte er rückhinterwärts, sozusagen auf der linken Seite des zweigeteilten Globus', einen mörderischen, sein ganzes Sein durchbohrenden Stich. Und gleich darauf, ehe ihm der eine Schmerz noch recht als solcher bewusst, zündete es erneut, diesmal, gewissermaßen zur Erhaltung des politischen Gleichgewichts, auf der anderen Globushälfte.

Der bislang so gelassen dastehende Schulz tat einen Luftsprung, der ihm auf Anhieb den Olympiasieg im Hochsprung eingebracht hätte. Er federte auf eine unnachahmlich elegante Art in die Höhe, wirbelte um die eigene Achse und kam mit einem Urschrei wieder zur Erde. Dort riss er am Gummi der Badehose, schaute hinein und ward bleich. Denn in der Badehose saß nicht nur eine Wespe, sondern gleich ein halbes Dutzend dieses Getiers, das sich vermutlich während des Trockenvorgangs dorthin aus Kühlungsgründen verzogen hatte. Während der Schulz noch über das zu Tuende nachsann, fühlten sich die Wespen erneut belästigt und — o Brand, o Feuer, o rasender Schmerz — sie stachen wieder, zwei rechts, zwei links!

Dem Manne stand blanker Schweiß auf der Stirn. Er konnte sich doch der Badehose mitten auf dem Badeplatz nicht entledigen! Und schon trieb es ihn erneut in die Luft, denn wieder stachen die boshaften Viecher dorthin, wo auch eines rauhen Mannes Haut zart, rein und höchst empfindsam ist.

Blitzschnell kam er nun in Bewegung. Er vollführte einen Dreisprung, der zu einer weiteren Medaille gereicht hätte, und sauste ins Wasser. So schnell sah man noch nie einen Schulzen springen, und dann zog der herrliche Sportler los. Das Publikum stand starr vor Staunen über derartige athletische Leistungen, der Schwimmer aber dachte nur daran, die Peiniger zu ersäufen. Das gelang ihm erst, als er den Weltrekord im Brustschwimmen mehrfach unterboten hatte. Bleich, aber gefasst, den Mund schmerzlich verkniffen, stieg er unter Applaus der Volksmenge an Land. „Bravo, Herr Bürgermeister“, riefen die Leute. „Sie haben ein sportliches Herz im Leib!“ („Und sechs tote Wespen in der Badehose“, dachte der geplagte Mann).

Er eilte heimwärts, wo ihm die Bürgermeisterin — eine übrigens sehr stattliche, zugriffige Frau — mit einer Pinzette das halbe Dutzend Stacheln zog. Die beiden Hemisphären jedoch waren so geschwollen, dass es keine Trennung zwischen West und Ost mehr gab, ein Zustand, den zwar Wespen, nie und nimmer aber Politiker zu erzielen vermögen.

Die meckernden „Seillich“

„Doa norr wahli d’Seillich in de Kreewe, i muess noch ford uff de Seimargd“, so befahl vor etlichen Tagen in einem mitten im Herzen Hohenlohes gelegenen Dorf der Gottlieb seinem Weib, holte dann den Schlepper aus der Garage und stank von hinnen.

Unterwegs kam der Gottlieb an einer Brauereigaststätte vorbei, und plötzlich schien es ihm so, als hätte es auf der Landstraße an diesem Säumarktmorgen besonders stark gestaubt. Er fuhr in den Hof und begab sich in die Schankstube, wo ihn der Wirt alsbald in ein heftiges Gespräch über Ferkelzucht, die Disparität der deutschen Landwirtschaft, die hohen Steuern und andere Schweinereien verwickelte. Das geschah nicht unabsichtlich, denn der Wirt wollte unserem Gottlieb schon lange einen Streich spielen. Während der nämlich die Beredsamkeit eines deutschen Bundespolitikers entwickelte, holte draußen im Hof der Knecht die zwölf „Seillich“ aus dem Schweinekorb und steckte dafür einen jungen Ziegenbock hinein.

Bald darauf besann sich der Gottlieb, dass er ja eigentlich zum „Seimargd“ fahren wollte. Er zahlte, donnerte davon und war auf dem Säumarkt bald in einen gewaltigen Handel verwickelt. Nun wollte der Händler allerdings auch die „Seillich“ sehen, von denen der durch den morgendlichen Trunk schon recht munter gewordene Gottlieb meinte: „Die sann sou schdramm un roosich wi a Kinderbobbo!“

Doch als er den Deckel des Saukorbs hob und stolz auf den Inhalt weisen wollte, da tönte ein lautes „Meck-meck-meck“ aus dem Innern. Der Gottlieb ließ vor Schreck den Deckel wieder fallen, und ringsum erhob sich ein lautes Gelächter über die meckernden „Seillich“.

Der Gottlieb bekam daraufhin einen „Zoore“, dass ihm schier die Luft wegblieb. Er schmiss seinen Saukorb auf den Wagen und fuhr los. Die größte Wut hatte er auf seine Bäuerin, die er für die Übeltäterin hielt. Unterwegs geriet er nun wieder an der Gaststätte vorbei, auf deren Treppe zufällig der Wirt stand.

„Ha, Goddlieb“, schrie der, „hasch du d’ Elefandekrankheid, wall de Riessel a sou noohengschd?“

Der Gottlieb wollte zuerst weiterbrausen, aber dann merkte er, dass ihm die Sache doch zu sehr „de Mooche verschlooche“ hatte. Er hielt an und trank nicht nur einen Schnaps. Mittlerweile machte sich im Hof der Brauereiknecht wieder ans Werk, und wenig später fuhr der Gottlieb, auf die Schnäpse hin nun erst recht gewalttätig geworden, nach Hause.

Er zischte in den Hof wie dereinst Hans Stuck in die Steilkurve des Nürburgrings, bremste, dass die Räder schliffen und brüllte die Bäuerin aus der Küche. „Schaade lass i mi vun dir“, schrie er, „un hiig’machd g’häre s’, di Weiwer, allimiddenander“, und so fort. Als die ahnungslose Bauersfrau endlich protestierte und meinte, ob ihr lieber Gottlieb denn nicht da oben ein bißchen „plem-plem“ sei, da riss dieser den Deckel hoch und rief: „Doa glotz der ’s ou, dei Gaassbouksauerei!“

Aber statt des Mecker-Gesellen lagen zwölf rosige „Seillich“ im Korb.

Wenn den Gottlieb der Schlag getroffen hätte, es wäre kein Wunder gewesen. So kam er mit einer Weiberpredigt davon, die noch heute an seinem Leberlein zehrt.

Gespenst im Nacken

Diese Geschichte ist, das sei vorneweg und zur Warnung für alle diejenigen, die leicht schreckhaft sind, ein wenig unschicklich. Wer sie trotzdem liest, der möge dann bitte nicht dem Verfasser, sondern sich selber ob seiner Neugierde gram sein. Er hat es gesagt bekommen.

Um jedoch die Begebenheit einigermaßen zu legitimieren, sie ereignete sich zwischen Gerabronn und Michelbach zu einer Zeit, da Lichtmess noch ein herzhaftes bäuerliches Fest war und die Bürger der hohenloheschen Kleinstädte sich nicht scheuten, an solchen Festtagen die Nachbarorte zu besuchen und dort mit ihren Kunden einen guten Trunk zu tun.

Diesem schönen Brauch folgend, waren dereinst drei Gerabronner „Honoratioren" an Lichtmess gen Michelbach geschritten, dort der Reihe nach zuerst in der „Sonne", dann im „Lamm" und zuletzt im „Ochsen" eingekehrt, um, als der Nachmittag und der Abend vorbei, kurz vor Mitternacht den Heimweg anzutreten. Sie wählten, weil sie alle drei am Gerabronner Bahnhof wohnten und das Anstoßen mit der zahlreich anwesenden Kundschaft ihnen Herz und Sinn recht stark gemacht hatte, die Abkürzung über den so genannten Galgenweg, so geheißen, weil dort einst jenes unheimliche Gerüst stand, von dem weiland in unschöner Weise die Gerabronner Sünder baumeln mussten.

An der höchsten Erhebung dieses sanft ansteigenden Weges erhebt sich heute noch ein Steinkreuz, von dem die Sage geht, dass es dort spuke. Doch solches abergläubische Gerede scherte die drei nächtlichen Wanderer, über denen gleich einem Schutzengel der rebenbekränzte Dionysos schwebte, nur wenig. Sie passierten ungeschoren das Kreuz, als plötzlich der drei Männer einer meinte, es grimme ihn so stark inwendig, dass er sich rasch hinter einem Baum niederlassen müsse. Die beiden anderen Freunde gingen weiter, um den Niedergekommenen nicht bei seiner Verrichtung zu stören, als sie unversehens ein arges Stöhnen und Ächzen vom Tatort her durch die Nacht dringen hörten. Der kalte Schweiß brach ihnen aus Stirn und Rücken, doch tapfer und in heldenhafter Freundestreue eilten sie zurück. Was sie dort sahen, ließ ihnen alle Glieder schlottern. Ihr Freund kauerte in einer absonderlichen Stellung am Boden, dann, mit aller Gewalt, riss er sich hoch, um alsogleich, wie von Geisterhänden gedrückt, wieder in die Knie zu sinken, dabei auch noch heftig bemüht, seine Hose in schicklicher Lage zu halten.

„Helffd mr, Leid, mir hoggd a Gaaschd im G'nigg un lässd mi ned hoach! I bitt eich, um Hiemels Wille, doand mi befreie. I bin scho hieer wi hie!" So stöhnte der Unglückswurm.

Die zwei Helfer in der Not wussten nicht recht, was da zu tun sei, doch plötzlich fasste einer Mut, sprang hinzu und wollte dem Freund aufhelfen. Dies gelang ihm auch halbwegs, doch urplötzlich fuhr dieser, einem Fahrstuhl gleich, erneut zu Boden.

„O, ihr liewi Freind, i muess schderwe, i kumm mei Leewedooch nimmi in d' Hääh", ließ sich der vom „Gaaschd" Besessene vernehmen, „sell waass i g'wiess, nie mäh drink i noch aan aanziche Schlugg!"

Mittlerweile fasste sich auch der andere Helfer ein Herz. Er wollte eben zugreifen, als er jäh innehielt, noch einmal genauer hinschaute und dann meinte: „Ha, wenn i du wär, Karle, noa dād i mi halt a nedd grood uff mei Housedreecher schdelle, wenn i in d' Hääh will!"

So klärte sich denn alles auf höchst natürliche Weise. Überglücklich und weil just noch eine Gerabronner Wirtschaft offen hatte, kehrten die drei nächtlichen Wanderer ein und feierten ihren Sieg über den „Gaaschd" mit einem enormen Besäufnis.

Milde Tat

Das Hohenloher Herz, im allgemeinen von großer Hitzebeständigkeit (wie könnte es sonst den berühmten „Houelouer Zoore“ aushalten?), kann zuweilen auch so weich und schmelzig werden wie ein Backsteinkäs’ in der Julihitze. In einem solchen Zustand ist der Hohenloher Mensch leicht verwundbar, wie auch eine Begebenheit beweist, die sich unlängst auf der weiten Hochfläche zwischen Kocher und Jagst ereignet hat.

Dort, in einem schlichten hohenloheschen und dadurch auch nicht ganz blitzsauberen Bauerndorf, saß eine Agronomenfamilie beim Mittagsmahl, als die Bäuerin plötzlich starre Augen bekam.

„Koarl“, sprach sie und wies in die Ecke, „i glaab, unser Mulli hat d’ Krempf!“

Der Bauer sah nach, und tatsächlich, die Katze vollführte ganz absonderliche Bewegungen. Sie machte einen Satz wie ein Wahlkreiskandidat, der hört, dass er auf der Landesliste seiner Partei drei Plätze nach hinten geschoben worden ist, wand sich gleich einem Politiker, von dem ein Journalist erfahren will, ob er sich nun in einer wichtigen Sache „Hü“ oder „Hott“ entschieden hat, und stöhnte dabei so mitleiderregend wie ein Laienspieler vom Land, der den sterbenden Franz Mohr darzustellen hat.

„Mei Gott, mueß dess arm Viech leide“, jammerte die Bäuerin, „wass kou mr doa bloass mache?“ Der alte Opa erwies sich hartgesottener. Er fistelte von seinem Lehnstuhl her: „Hiimache, wenn s’ d’ Krempf hadd, sunschd hilffd doa nix!“

Das Mulle vollführte mittlerweile einen zweiten Schmerzenstanz, und der brachte die Hohenloher Herzen vollends zum Schmelzen.

„Wenn's sei mueß“, sprach die Bäuerin, „awwer noa bloass sou, dass nedd leide brauchd!“

Worauf nach einer kurzen Beratung der Entschluss gefasst wurde, das Mulle einzuschläfern. In etlichen hohenloheschen Bauernhäusern ist ja bekanntlich eine Flasche Chloroform für derartige Zwecke vorhanden, und die wurde geholt.

Das Chloroform kam in einen Topf, und darüber hielten Bauer und Bäuerin das arme Mulle.

Die Kinder bläkten ein wild-tragisches Lied, der Opa zwitscherte immer wieder aus seiner Ecke heraus: „Hiimache muess mr s', wenn s' d' Krempf hadd.“ Und das Mulle wurde immer lebhafter.

„Dess sann die ledschde Zugunge“, ließ sich der Bauer vernehmen, „glei schderbd s'!“ Aber es war ihm nicht vergönnt, sogleich den letzten Schnapper zu sehen. Denn auf einmal wurde er bleich und sprach: „Fraa, mir werd's ganz wambeli, i mueß mi gschwind nouleiche!“ Einen Augenblick später geschah das Wambeli-Werden auch seinem Weib, und beide wankten ins nahe Schlafgemach.

Eine Stunde später erschienen sie wieder, tief umschattet, aber gefasst.

„Wass mechd d' Katz?“, fragte die Bäuerin den Opa.

Der grinste fröhlich wie ein Faun. „Doa leeche die Krempf“, sprach er und wies aufs Sofa. Denn das Mulle hatte inzwischen vier Junge bekommen.

Di Maneewerer

Im Vollzuge der „Grandes manoeuvres", die gelegentlich durch die hohenloheschen Lande rollen, kam auch ein Mensch namens Jim in unsere Gegend: Ein amerikanischer Corporal, auswendig so schwarz, wie es sonst nur die Seelen der Schurken in den Wildwestfilmen seiner amerikanischen Heimat sind, inwendig aber rein und lauter wie das arme Bauerntöchterlein in einer deutschen Heimatschnulze.

Dieser Jim nun erlitt das Schicksal aller Menschen, die ob ihres absonderlichen Aussehens zuerst einmal verkannt werden müssen, ehe ihre Unschuld ruchbar wird. Ursache dessen war der arge Regen, der damals so katastrophal über die heimischen Gefilde niedergegangen war. Er zwang nämlich unseren Corporal Jim, der als Kommandant eines mit zwei Mann besetzten Jeeps in der Nähe von Dörzbach die rote Armee von einem Durchbruch durchs Jagsttal abhalten sollte, für die Nacht eine einigermaßen trockene Unterkunft zu errichten. Der geeignete Platz für einen Zeltbau erschien ihm eine kleine, zwischen etlichen Häusern, Ställen und Scheunen am Ufer der Jagst gelegene Wiese, woselbst die beiden Kämpfer mit einem bedeutenden Aufwand an Planen, Schnüren und Stöcken ein Zelt errichteten. In diese Behausung zogen sie sich dann ohne noch lange im Dorfe herumzustreichen zurück; der Jim dachte nochmals an seine Mammie in der Backer-Street in New Orleans, klebte seinen Kaugummi an den Zeltstab und schlief den sanften Schlaf aller müden Grenadiere.

Er wäre wohl auch ebenso sanft erwacht, wenn sich nicht zur Morgenstunde etwas begeben hätte, was nicht vorauszusehen war. Gegen sechs Uhr in der Frühe hatte sich nämlich das Eheweib eines Bauern daran gemacht, die Säue

zu füttern. Brummend schlurfte die Frau, rechts und links einen Eimer Säufutter in der Hand, hinaus in die Dunkelheit und wollte eben die kleine Wiese zwischen Haus und Säustall überqueren, als sie sich am Beine festgehalten fühlte. In jähem Entsetzen wollte sie seitab flüchten, aber da schloss sich auch schon eine feuchte Klammer um ihren Hals. In Wirklichkeit war's nichts anderes als Zelt und Leine.

Jetzt erst schrie die zu Tode erschreckte Bäuerin auf, zumal sie noch zu ihren Füßen ein sonderliches Grunzen vernahm und einen hohlen Schrei. Dann aber, und jetzt blieb ihr das Herz im Leibe stehen, tauchte vor ihr ein Kopf auf, schwarz wie der des Leibhaftigen und mit weißen Augen.

„Hilfe, a Neecher, a schwarzer Neecher!“ schrie sie, „Hilfe, Mou, där dud mi iwwerfalle, i bin scho ganz hii!“

Als er dies vernahm, riss der Bauer eine Gabel von der Wand und stürmte los, die vermeintlich schwerstens bedrohte Ehre seines Weibes zu retten. Und er sah dieses, verwickelt in ein paar Stricke, wie es wild gegen einen schwarzen Mann einen Säueimer schwang.

„Gähschd wech, du schwarzer Fifatzfetz!“ schrie der Bauer, und hob die Gabel, aber da war auch er schon in die Stricke des Zeltes geraten, schwankte wie ein Baum im Sturmwind, tat einen Schrei und fiel samt Gabel in die hochgehende Jagst. Inzwischen war es dem Jim gelungen, sich des Zeltes zu entledigen, und rasch, ein Held in baumwollener, olivgrüner Unterhose, sprang er dem Bauern nach und brachte ihn mit Hilfe seines Kameraden ans sichere Land.

Dort gab es einen langen und innigen Disput, bis plötzlich der Bauer das Wort „Manöver“ aus dem schwarzen Kauderwelsch heraus verstand, und schon war alles gut.

„Fraa“, befahl er, „koch aan Kaffee fär die zwaa Gselle, dess sann bloass Maneewerer, di hewwe dir nix doane welle, un mir hewwe s’ mei deiers Leewe g’redd! Kummd norr, ihr Menner, noa kriechd ihr amoale a ouschdendichs Veschber, dess iss wass anders wie där bleed Kaugummi, wue ihr sunschd de ganze Dooch fresse miessd!“

Am Abend aber meinte sein Weib zur Nachbarin: „I kou dir bloass sooche, Lina, Aache hadd där zärschd g’machd, alsou grood wi a boar Miehlreeder, un g’rolld hadd’r s’ wi a Leeb. Awwer noa in dr Schduewe, doa woar ’r ganz freindli un hadd g‘sochd: ‚Du okei, du gutt wie meine Mammie!‘ I glaab faschd, Lina, di schwarze Kerrlich, di hewwe aa a Seel im Laab wie mir Deidschi!“

O großes Wunder!

Wer im Herbst durch die hohenloheschen Dörfer streift, der kann ihn überall riechen: den Duft des noch jungen Mostes. Süß, innig und verheißend steigt er in Nase und Sinne, ein Verführer sondergleichen und eines der wunderbarsten Geschenke, das vom ausgehenden Jahr für uns bereitgehalten wird.

Ja, wunderwirkend ist der junge Most, vor allem dann, wenn er sich im Zustande jener sanften Gärung befindet, die der hohenlohesche Mensch als „bitzle“ bezeichnet. Zügig strömt er dann beim Trunke in uns ein, aber genauso zügig sucht er wieder anderwärts zum Vorschein zu kommen, ein Brauser und Dränger und Stemmer im Leiblichen, den kaum ein Hindernis zu halten vermag!

Indessen ist nicht nur er selbst wunderbar, es geschehen zuweilen mit ihm auch Dinge, die sich augenscheinlich fast nicht klären lassen, und solches geschah unlängst im Kochertal bei Künzelsau.

In jener Stadt war ein gewaltiger Tankwagen bei einer Mosterei vorgefahren und hatte dort zwecks anderweitiger Verwendung etliche tausend Liter des süßen Saftes in seinen dicken Bauch gepumpt. Da der Fahrer aber in jenem Ort noch eine andere Verrichtung zu tun hatte, stellte er sein Fahrzeug im Schatten einer kleinen Kapelle ab und wandte sich seinen Obliegenheiten zu. Diese dauerten jedoch länger, und so kam es, dass die Sonne allmählich um die kleine Kapelle herumwanderte und den Tankwagen mit voller Strahlkraft traf.

Solches wäre nicht schlimm gewesen, hätte der Wagen eben nicht gerade einen ohnehin schon ein bisschen zum „Bitzle“ aufgelegten jungen Most enthalten, und der hatte nun natürlich nichts Besseres zu tun, als sich fest zu rühren und in seinem Behältnis gewaltig zu rumoren. Als der Fahrer zurückkam, vernahm er diese Geräusche, und um ein ärgeres Unglück zu verhüten, öffnete er schnell den Verschluss des Behälters.

Das hätte er nicht tun sollen, denn in zorniger Jähe schoss aus der Öffnung ein gewaltiger Strahl des jungen Mostes, strudelte gen Himmel und kam mit großem Platschen auf dem moosbedeckten Dache der kleinen Kapelle nieder.

Nachdem er sich so — und wie es seine Art ist — Luft verschafft hatte, wurde der Most wieder ruhig und der Fahrer brauste ab.

Wenig später kam ein älterer, schon ein bisschen weltabgewandter Rentner an der Kapelle vorbei. Er doddelte so vor sich hin, aber unversehens war er hellwach, vernahm er doch, obwohl ein wolkenloser Herbsthimmel das Kochertal überspannte, ein leises Plätschern am Ausfluss der Dachrinne und zugleich stieg ihm ein Rüchlein in die Nase von frischem, köstlich „bitzelndem“ Moste.

Misstrauisch ob dieses seltsamen Zusammenhanges hielt er seinen Finger unter die Öffnung des Rohrs, schleckte und dann überkam ihn eine fast unwirkliche Verklärung: „Mouschd“, stammelte er, „o groass Wunder, aus ’m heidere Hiemel had‘s Mouschd g’rächend! I hobb doch scho immer g’wissd, dass dr liewe Godd fär uns arme Rendner a was iwwrich had! O Wunder, o Wunder, o groasses Wunder!“

Er schleckte noch ein ganzes Weilchen und dann entschritt er, ein schlichter Hohenloher, und wackelte ein bisschen dabei und fühlte sich himmlisch und auch sonst erleuchtet.

Mann im Hemd

In heißen, von allerlei Unruhe erfüllten hohenloheschen Sommernächten geschehen oft Dinge, die von solcher Unglaublichkeit sind, dass sie niemand auf den ersten Blick hin für bare Münze nehmen kann. Und doch sind sie Wahrheit, die reine, nackte Wahrheit, wie zum Beispiel dies, dass erst unlängst ein ansonsten unbescholtener hohenlohescher Bauersmann nächtens eine Herde Kühe durch die Straße seines Heimatdorfes trieb und bei dieser Verrichtung nicht mehr anhatte als ein schlichtes Hemd, ein Hemd, das ihm vorne gerade recht und hinten schon sehr viel zu kurz war.

Um die Geschichte aber genauer zu belegen, muss ihr Hergang erzählt werden, und der war so: Mitten in der Nacht wurde der oben genannte Bauersmann schreckhaft aus seinem Schlafe gerissen, als er drunten auf der Straße deutlich das Muhen einer Kuh vernahm. Er dachte nichts anderes, als dass es sich hier wohl um seine eigenen Rindviecher handeln müsse, und wollte eben in die Hose schlurfen, als ihm wie der Blitz der Gedanke kam, dass ja die Straße eben aufgegraben und das Vieh somit in höchster Gefahr war, in einen der tiefen Wasserleitungsgräben hineinzustürzen. Er ließ also Hose Hose sein und stürmte die Treppe hinunter, um sein Eigentum in den sicheren Stall zu bringen.

Aber als sich seine Augen an die Dunkelheit gewöhnt hatten, da erkannte er sehr rasch, dass es gar nicht seine Kühe waren, die sich da im Mondschein lustvoll ergingen, sondern die eines anderen, ziemlich weitab wohnenden Bauern. Nun hätte der nackte Mann ja wieder ruhigen Gewissens in sein Schlafgemach zurückkehren und sich dort ein Beingewand überziehen können, aber er tat es nicht, konnte doch mittlerweile das Unglück passieren. Er wollte vielmehr ohne viel Aufenthalt weiter, um einen Nachbarn zu wecken, da ihm allein die Rettung der mondsüchtigen Kühe denn doch zu gefahrvoll erschien. Auf diesem Weg nun wurde er zum erstenmal gesehen, und zwar von einem Liebespaar, das sich da in einer Ecke küsste und unversehens eine weißbehemdete Gestalt vor sich auftauchen sah.

„Karle, lass ab“, stammelte jäh die Maid, und auch der Karle erbleichte, denn was er sah, das konnte nur ein „Gaaschd“ sein. Er griff nach der Hand seiner Holden und dann entsprangen die beiden im Dunkeln. (Am nächsten Tag erzählte der Karle, der „Gaaschd“ sei rückwärts gelaufen und habe ihm im Mondlicht ein Paar gräulich-bleiche Backen gezeigt.) Unser Bauersmann ließ sich davon freilich nicht weiter beirren, sondern marschierte weiter durch die Nacht und weckte den Nachbarn, der zwar brummend aber schließlich doch aus dem warmen Pfühle stieg.

Jetzt erst gelang es, die Kühe zu sammeln und wohlbehalten in ihren Stall zu bringen, wo sie sich ohne Aufruhr an ihre Ketten legen ließen. Ihr Retter freilich musste nunmehr durchs ganze Dorf zurück. Aber er ging aufrecht und gelassen, das Hemd ein wenig vom Winde verweht, und keine Scham focht ihn an, nur um die haarigen Beine wurde es ihm doch ein bisschen frisch.

Als er zurück ins Bett stieg, erwachte auch sein Weib. „Sou, hasch naus miesse, Frieder“, meinte sie, „dr Mouschd dreibd hald a weng arich!“

„Freilich, Bauline“, sagte unser Bauer, „freili, ’s wärd scho sou sei.“

Und schlief den Schlaf des braven Mannes, der seine Pflicht getan für des Nächsten Gut und Vieh.

Italianos

Dass die Römer einmal bis Öhringen kamen (und nicht viel weiter, denn da standen dann die Urhohenloher und hieben sie gewaltig auf die frechen Erobererfinger), das erweisen auch heute noch so manche Bewohner dieser Gegend, die aussehen, als hätte ihre Wiege nicht an der Ohrn, sondern am Tiber gestanden. Grund dafür ist, dass zu Cäsars Zeiten im Öhringischen die Schulverhältnisse sehr mangelhaft waren, so dass die dortigen Germanenmaiden in Unkenntnis der lateinischen Sprache auf die hitzigen Fraternisationsversuche der Legionäre nicht „Noli me tangere“ sagen, sondern nur abwehrend den Kopf schütteln konnten, was natürlich nicht ausreichte.

Der Heizungs-Willi und sein Freund, der Wip, zwei wohlgelittene Öhringer Mannen, sind gewissermaßen Spätfolgen dieser germanischen Bildungskatastrophe, denn nach Schauwerk, Hautfarbe und sonstigen Merkmalen könnte man sie glatt für Südländer halten. Das schert sie freilich wenig, denn das Herz ist gut hohenlohesch, und darauf kommt's schließlich an!

Neulich jedoch hatten sie Ärger mit ihrem Exterieur. Der Willi und der Wip sind begeisterte Fischer, weshalb sie den Eissee einer Brauerei in Pacht nahmen, um meterlange Hechte und halbzentrige Karpfen herauszuziehen. Als sie wieder einmal dort standen (angesichts des schlechten Wetters in ihrer liederlichsten Montur), kam auf einmal ein Wagen auf sie zugebraust, ein in der ganzen Gegend bekanntes Rennvehikel und dem Brauers Fritz zugehörig. Mit hundert Sachen zischte der Fritz heran und trat dann so gewaltig auf die Bremse, dass ihm die Brocken der Schallmauer nur so um die Ohren flogen.

„Ihr Dunndersidaliehner“, schrie er den beiden vermeintlichen Südländern zu, „eich zeich i ou, wenn ihr doa Fisch schdehle welld! Machd, dass ’r haamkummd und kochd Schbageddi !“

Die zwei „Italianos“ starrten ihn fassungslos an, was den Fritz zu der Erkenntnis brachte, dass die Fischdiebe sichtlich kein Deutsch und erst recht kein Hohenlohesch verstanden. Er versuchte es also mit seinem Spezialitalienisch, und es klang so: „Maledetto, caramba, nix Fischoschdehlio, sunnschd kumme unser Karahbinniäri un ihr werdet eingerigolettot!“

Der Brauer hätte gewiss noch mehr geschrien, wenn der Wip sich nicht an die Stirn gedeutet und zu seinem Freund Willi gesagt hätte: „I glaab, där Fritz, där schbinnd!“

Jetzt erst wurde der Brauer wieder klarsichtig.

„’s Dunderholl“, rief er, „eich hädd i nedd kennd!“

Schuld an der ganzen Sache war, wie sich nachher herausstellte, der Christian aus Unterohrn, der im Vorbeifahren die beiden Fischer für wildernde Gastarbeiter gehalten und daraufhin den Fritz wildgemacht hatte. Er musste die Zeche bezahlen, und sie fiel nicht gering aus, denn Hohenloher sind nicht nur blind im Zorn, sondern auch grandios, wenn es darum geht, einen solchen hinunterzuspülen.

Hohenloher Grand-Sauerei

Das war ein gewaltiges Saufen! Am Dienstag hob es an, und erst am Donnerstag fand es mit einem berauschenden Finale sein Ende. Dazwischen liegt eine Geschichte, wie sie sich so saft- und kraftvoll nur im schönen Hohenloher Land ereignen kann.

Es gibt da ein Dorf, in dem besonders trinkfeste Mannen leben, und wer den Ortsnamen kennt, der muss sagen: Es vermag ja schließlich gar nicht anders zu sein!

Die Mannen hockten in der „Goldenen Lilie“, dem derzeitigen „Nachtlokal vom Dienst“, und sie waren so selig wie Sommerschwalben.

„Bier här, Bier här, oder ich fall um“, verkündete eben in heiterster Laune der lange Kurt, als im Morgengrauen der Karl hereinstürzte und schrie: „Kameraden, häerd di frohe Kunde: Driwwe beim Schuuschder hewwe s’ vorhin a Sau abgschdoche!“

Hei, wie frohlockten da die Zecher, wie glänzten die Hohenloher Augen vor Lust an großem Mahle! Auf standen die Mannen, marschierten in den Hof, spähten über die Mauer, überzeugten sich, dass da bleich und blutleer geworden ein strammes Tier am Galgen hing, stellten sich, da es sich gerade so gab in Reih und Glied an die Mauer und hielten während des Vollzugs gedeihlichen Rat.

„Freiwillig riggd där Schuuschder nix raus“, meinte der Schorsch, „doa miesse mr scho zu're Lischd greife.“ „Vielleicht wenn mir a Bfand in d'Hend krieche däde“, sprach der Erwin und zwinkerte als Kleinster mit den Augen, denn der Druck beim Nachbarn war angesichts der langen Nacht erheblich.

„I waass wass“, schrie der Edmund begeistert, „mir schdehle d'Hälffd vun dr Sau un gehwe 's bloass raus, wenn uns dr Schuuschder a Metzelsubbe schbendierd!“

Das war das Ei des Kolumbus, wie der Lateiner sagt, und die Mannen kehrten, nachdem allseits Vollzug gemeldet war, in die Wirtsstube zurück.

Nur ein Spähposten blieb auf einsamer Wacht. Nach einer halben Stunde stürzte er herein: „Dr Medsger iss grood weck!“ schrie er, und schon eilten zwei Mann hinaus, flankten tollkühn über die Mauer, rissen die halbe Sau vom Galgen, hoben sie über die Mauer, wo sie in Empfang genommen wurde.

„Awwer wue nou mied?“, fragte der etwas ängstliche Paul, Finanzbeamter von Beruf, aber sonst ein herzensguter Mensch.

Da war allerdings guter Rat teuer. Doch der fidele Edmund hatte wieder Hilfe zur Hand.

„Mir drooche s' niewer zum Heiner, där schlachd heid morche aa, un doa henge mr s' drzue!“

Gesagt, und auch schon getan. Wieder wurde gelauert, bis auch beim Heiner reine Luft war, o Wunder, plötzlich hingen bei dem drei Schweinehälften am Galgen.

Wenig später saßen die munteren Umtreiber wieder am Wirtshaustisch und machten so sanfte Gesichter wie die Wiener Sängerknäblein.

„Bumms!“ flog die Tür auf, und der Schuster sauste herein. „Grand-Sauerei!“, schrie er, „mir hewwe s' a halwi Sau gschdoule!“

„Wass bloass fär schlechdi Mensche geihd“, wunderte

sich der Edmund. „Jetzt schlachd sou a armer Schuuschder wi du amoal im Joohr a Seile, un noa nimmd mr'm aa noch sei bissle Brod wäch!“

Der Schuster trank vor Wut drei Schnäpse, die Mannschaft sparte nicht mit guten Ratschlägen, und auf einmal meinte der Karl: „I will jo nix gsochd hoowe, awwer i däd amol d' Heiner frooche, ob där nix waass!“

Doch der Schuster brauchte nicht zum Heiner, denn nun erschien auch der.

„Leit“, stammelte der, „ba mier iss a Wunder gscheeche, ba mir hadd a doadi Sau noch Jungi kriechd. . .“ „Iss des Jung vielleicht mei halwi Sau?“ fragte hälings der Schuster, und jetzt gab's kein Halten mehr für die lustigen Gesellen.

„Dr Schuuschder und dr Heiner,
die hewwe a dolli Sau,
die Sau die hadd sechs Beiner,
die gugge mr uns ou!“

sangen sie im Chor. Jetzt ging auch dem Schuster ein Licht auf, und er verlangte Buße. Und so schmächtig er war, er hielt wacker mit. Bis am Donnerstagmorgen die beiden Säue restlos ersäuft waren. Denn die Metzelsuppe, die der Schuster spendiert hatte, gab eine handfeste Unterlage.

Großvater in Fahrt

Der Hohenloher ist seiner ganzen Gemütsart nach vortrefflich zum Großvater geeignet. Er besitzt alle Eigenschaften, welche ein Prachtexemplar dieser Art auszuzeichnen haben: eine heiter-hintergründige Verschmitztheit, einen starken, lebensfrohen Hang zum Diesseitigen und ein leichtgewichtiges Herz, um all die Beschwernisse aufzuwiegen, die sich im Herbst des Lebens einzustellen pflegen. Selbst der Tatbestand, dass er vom Augenblick des Großvaterseins an „bei 're Groassmueder schloofe muess", tut seiner intensiven Fröhlichkeit keinen Abbruch.

Ein solcher Hohenloher, Ökonom von Beruf und mit einer schönen Landwirtschaft behaftet, wurde neulich durch seine adrette Schwiegertochter, den Storch und noch etliche andere Umstände frühmorgens in den Status eines Großvaters versetzt.

An eben jenem ereignisfreudigen Tag war jedoch auch „z' Blaafelde Seimargd", ein weiteres bedeutendes Geschehnis. Der Altbauer lud also einen Schwung „Seillich" auf den Anhänger seines Dieselwallachen und brauste zum Säumarkt.

Dort tat er einen guten Verkauf, fuhr anschließend zum Lagerhaus, erwarb einen Zentner Ferkelkörner (ein ungemein schinkentreibendes, kugelrundes Erzeugnis) und ging durch den „Bach", wie der Besuch einer von Agronomen der dortigen Gegend stark frequentiertes, gastfrohes Haus scherzhafterweise genannt wird.

Mittlerweile regnete es, so dass nicht nur der frischgebackene Großvater innerlich, sondern auch das papierene Ferkelkörnerbehältnis äußerlich feucht wurde.

Eine Weile hielt es die Heimfahrt noch aus, dann aber, als der Schlepper heftig bremsend die steile Ortsstraße hinunterfuhr, platzte es und ein Strom von Ferkelkörnern rieselte auf die Straße und begann munter den Opa samt Schlepper und Anhänger zu überholen. Der stutzte erst verblüfft, als er die munteren Wettläufer sah, dann aber schrie er zornig: „Vun eich lass i mii fei nedd iwwerhole!“, gab Gas und zischte in die Hofeinfahrt.

Vor der Großmutter hatte er freilich Respekt, und so machte er sich heimlich mit Besen und Eimer daran, die abgegangenen Schweinefutteralien wieder zusammenzukehren. Das war allerdings eine harte Sache, und als es dem Großvater zu dumm wurde, stieg er kurzerhand nochmals in den Sattel, fuhr ins Lagerhaus und erwarb einen Ersatzzentner.

Jetzt war freilich höchste Eile notwendig, und so ratterte und donnerte sein Schlepper diesmal mit ungeheurer Geschwindigkeit die Dorfstraße hinunter.

Das sah ein Nachbar, ein stichelfreudiger Hohenloher Mensch, und der schrie ihm zu: „Ha, Ernschd, was haschd?“

Jeder andere wäre in Verlegenheit gekommen, aber nicht unser hohenlohescher Großvater. „Wass i hobb?“ schrie er zurück und richtete sich stolz wie der berühmte Rennfahrer Bieberle im Fahrersitz auf: „An Zendner Färgelkärner hobb ii un an Enkelbuewe!“

Was die eminente Hohenloher Fruchtbarkeit beweist.

Aff' am Steuer

„Heilichs Blechle, hobb i aan odder seech i aan?" Der Mann, der diesen Spruch tat, saß am Steuer eines Lastwagens, der neulich über einen Feldweg mitten im Hohenloheschen fuhr. Er bremste auf einen Ruck, äugte nochmals scharf ins Geäst eines kahlen Baumes und stellte fest: Da oben hockte tatsächlich und leibhaftig ein Aff'!

Der Mann sah zum offenen Fenster hinaus und schrie: „Wass mechschd'n du doa drowe?" Statt einer Antwort kam der so Angesprochene blitzschnell heruntergeklettert, hopfte auf die Motorhaube und schaute durch die Scheibe. Dazu schnitt er fröhliche Grimassen, rieb seinen knallroten Affenpopo am Glas und zeigte sich sichtlich erfreut über das angebahnte Gespräch. Der Fahrer war es weniger. Er öffnete die Tür und schrie: „Wenn d' nedd glei von meim Wooche roogähschd, noa. . ."

Er hatte noch nicht ausgesprochen, da kam der Aff' dem Wunsch schon nach. Mit einem Satz saß er oben auf dem Türrahmen und schoss ins Fahrerhaus. Der Fahrer, den Umgang mit solchen Affen sichtlich ungewohnt, schoss auf der anderen Seite ebenso rasch hinaus.

Nun war der Aff' drinnen und er draußen. Zum Verhältnis des Innenlebens der beiden muss gesagt werden, dass sich der Aff' erheblich wohlerfühlte. Er griff zunächst nach dem eingewickelten Vesper des Fahrers, packte es aus und ließ es sich schmecken. Dann schraubte er die Thermosflasche auf, fand aber den Tee weniger schmackhaft und schüttete ihn daher einfach durchs Fenster. Auch die Wagenpapiere fand er überflüssig und ließ sie folgen.

Das war dem Fahrer zuviel. Er holte seinen Kollegen Schorsch, den schwergewichtigen Fahrer einer nahebei arbeitenden Planierraupe. Der blickte ins Fahrerhaus und

sah, dass der Eindringling einen Riemen um den Hals hatte, an dem ein kurzes Stück Kette baumelte.

„I waass, was mir mache“, sprach er, „doa nemme mir a Schdeggele mid ’re Gawwel vorne drou und wiggle di Kedde um denn Schdegge. Noa kenne mr ’n rauszieche!“

Gesagt, probiert. Der Aff' empfand dies jedoch als einen besonderen Spaß, griff wie der Wind nach dem Stecken und drehte ihn um, indem er die beiden Mannen damit stupfte.

Nun kam dem Lastwagenfahrer ein Geistesblitz. „Du nimmsch ietz dei Blanierrauwe, schdellschd dei Schaufel hoach und fährschd uff di offe Diere zue. Noa kriechd's där Aff' sicher mid dr Engschd z' doane un gähd durch!" meinte er.

Auch das geschah. Die Raupe donnerte wie ein T 34 heran, hob die Planierschaufel drohend hoch und riss schier das Fahrerhaus weg. Den Aff' jedoch erschütterte das nicht. Er deutete sogar mit der Hand gegen die Stirn und grinste fröhlich übers ganze Affengesicht.

Inzwischen kam ein Bauer mit einem Hund an. Kaum war der Schorsch seiner ansichtig, rief er: „Ietzt iss mir's kumme! Mir miesse dierbsichologisch vorgähne, wi där Dogddr Dschimegg im Fernseeche! Wenn mir denn Huund nemme un zum aane Fenschdr neischmeisse, noa flichded där Aff' zum andere Fendschdr naus! Weil'r klenner iss!"

Der Bauer erklärte sich einverstanden, und der Hund wurde von den drei „Dierbsichologen" durchs Fenster geworfen. Ein kurzer Rumpler, dann war es drinnen wieder still. Der Aff' erschien nicht.

Nach einer kleinen Weile schauten die Affenjäger nach innen. Es war das friedlichste Bild der Welt! Der Aff' saß neben dem Hund und lauste ihm das Fell, der ihm seinerseits wieder aus Dankbarkeit den Pelz leckte.

„Sou gähd's aa nedd", stellte der Lastwagenfahrer betrübt fest. Inzwischen hatte der Bauer eine Idee. „Mir holle a langi Schdange", sprach er, „und nachle vorneriewer a Bried, doadrmied kenne mr denn Affe gans leichd zum Fiehrerhaus nausschiewe."

So sah man denn nach einer Weile drei Männer eine lange Stange mit einem Querbrett hochheben und ins Fahrerhaus stoßen. Und in der Tat, nun verließ der Aff' den ungastlich gewordenen Raum, um auf seinen Baum zurückzukehren.

Inzwischen traf jedoch ein weiterer Mann ein, grün gewandet und mit einer weißen Mütze auf dem Haupt. Ein Landespolizist, dem der Affe von einem in Brettheim gastierenden Menageriebesitzer als abgängig gemeldet worden war.

Und nun wird man gleich wieder einmal die Weisheit unserer Polizei erkennen wie auch die Autorität, über die sie verfügt. Der Beamte kletterte ein Stück weit den Baum hinauf, hielt dem Affen eine mitgebrachte Banane vor, und während dieser sie genüßlich verzehrte, band er an das herabbaumelnde Stück Kette eine lange Schnur, ging wieder nach unten, zog kurz und hatte den Aff' am Strick.

Der leistete denn auch, vermutlich weil juristisch vorgebildet, keinerlei Widerstand gegen die Staatsgewalt und trottete friedlich mit.

Der Schorsch sah's mit Verwunderung. Dann sprach er zu dem Bauern: „Siechschd, Andon, dess woar ietzt wärgglichi Bissologie odder wi mr dess haassd!"

Schmorbraten

Wer das Hohenloher Hinterteil kennt, dieses in seiner Ausstattung so bescheidene heimische Gebilde, der wird nicht glauben, wie widerstandsfähig es sein kann. Doch ein hohenlohescher Jungmanne gab dafür ein leuchtendes Beispiel.

Heißen wir ihn den langen Frieder. Er wohnt in einer ob ihres hochbedeutsamen Herbstmarktes bekannten Gemeinde. Neulich kam er nun, gestiefelt und gespornt, da er ein eifriger Georgsjünger ist, noch spät abends in eine dortige Gastronomie.

„Guddenoowend middenander“, ließ er den heimatlichen Gruß vernehmen und trat zuerst einmal an den Ofen, um sich die Hände zu wärmen.

„Däss iss awwer fei nedd arich warm“, meinte er zu der Wirtin, „doa kenned mr si jo druffhogge!“

„Ha“, meinte daraufhin der Pfennich-Auguscht vom Stammtisch her, „des dädschd du doch nedd aushalde mit deim feine Reidersärschle!“

„Vun weeche fei‘s Reidersärschle“, schrie daraufhin der in seiner Ehre herb gekränkte lange Frieder, „i hobb do hinde a Schwarde sou digg wie bei ’re Wildsau. A halwi Schdund däd i mi doa uff denn Oufe druffsetze, ohne mid ’r Wimber z‘ zugge! Zoohld an Kaschde Bier, un i mach’s!“

Die Wette galt, und der lange Frieder hockte auf. Er ließ sein langes Gebein baumeln, dehnte wohlig die Arme und grunzte vergnügt: „I bin selde amoal sou gmiedli g’hoggd!“

Der Pfennich-Auguscht, ein Oberfilou wie er im Buche steht, grinste nur vergnügt. Er hatte gesehen, dass die Wirtin kurz bevor der lange Frieder hereingekommen war, ein paar Briketts aufgelegt hatte. Jetzt stieg er, ganz Milde und Freundlichkeit, zum langen Frieder hinüber, bot ihm eine

Zigarette an und schob dabei mit dem linken Fuß den Ofenregler auf „Volldampf".

Nach einer kleinen Weile begann der Frieder so unruhig auf seinem Hochsitz herumzurutschen wie ein hohenlohesches Jüngferlein, das den Liebsten vor dem Fenster vorbeistreichen sieht und nicht recht weiß, wie es hinauskommt.

Gleich darauf begann unser Ofensitzer eine politisch fast vollkommene Schaukelpolitik zu starten, indem er permanent von der rechten auf die linke Sitzfläche und zurück wechselte. Dieses bewundernd angeschaute Schauspiel steigerte sich im Verlauf der nächsten zehn Minuten zu einem von argem Ächzen und Stöhnen untermalten Popo-Twist voll Schwung und grandiosem Rhythmus. Damit zu Ende, begehrte er flehenden Blicks ein Glas Bier. Er trank es auf einen Zug aus, und der Pfennich-Auguscht meinte dazu mit großem Staunen: „Mr sichd dirrägd, wi 'm 's Hinderdaal qualmt!"

Der lange Frieder kam, von der inhalierten Flüssigkeit belebt, auf eine neue Idee. Er stemmte sich nun mit beiden Händen hoch und ließ Kühlluft unter seinem schwer gemarterten Hintern durchstreichen. Aber dafür wurden die Hände heiß, und der Gemarterte sank mit einem schrillen Schrei zurück auf die Platte.

Die Wirtshausuhr zeigte noch vier Minuten Aushaltezeit an. Der lange Frieder füllte sie mit einer Ofenakrobatik von vollendeter Kunst aus. Er schnalzte in die Höhe wie ein an Land gegangener Karpfen, probierte es mit einem Ofenkantensitz von absolutem Yogi-Format und experimentierte mit einem neckischen Backen-Vibrato von luftfächelnder Wirkung.

Um die letzten Sekunden feilschte er wie ein italienischer Teppichhändler, und dann waren die dreißig Minuten vorbei!

Der lange Frieder kühlte sich zuerst den Hintern mit einer Flasche saurem Sprudel und anschließend die Eingeweide mit einem halben Dutzend Flaschen Bier. Welch ein Mann und Held, kann man dazu nur sagen, und welche Durchhaltekraft eines Hohenloher Menschen. In Bonn müssten sie eine solche haben, allerdings nicht am Ende des Rückens.

Kartoffeltheorie

Dass die Bauern mit ihrer Lage unzufrieden sind, daran sind, so meinte neulich ein hintergründighumoriger hohenlohescher Ökonom, nur die Schulmeister schuld. „Däde die denne Baurekiind nedd souviel beibringe, noa wäre s' a nedd sou gscheid", ließ er verlauten.

Nun schickt man von „Schduergerd" aus ins Hohenlohesche schon von vornherein keine minderbegabten Pädagogen, da, so kann man im Kultusministerium hören, die dortigen „Schlitzohren" auf jeden falschen Ton höchst hellhörig reagieren.

Besonders ausgebaut ist die Hohenloher Landwirtschaftspädagogik. Auf den Landwirtschaftsschulen dieses Landstrichs wird der Bauernjugend mit viel Eifer und pädagogischem Eros beigebracht, dass es mit der Praxis allein keine ausreichende Bewandtnis hat. Es gehört auch Theorie dazu.

Wer zum Beispiel Kartoffeln vermehren will, der muss nicht nur über die blonde „Maritta" Bescheid wissen, sondern sich in der ganzen Knollentheorie auskennen.

Weshalb dieser Tage an einer höchst renommierten Hohenloher Landwirtschaftsschule ein tüchtiger, kartoffelbeflissener Landwirtschaftsrat seinen Schülern sagte, sie möchten am nächsten Morgen alle eine Kartoffel mitbringen, je nach der hofüblichen Sorte. Er werde sie dann alle explizieren.

Am nächsten Morgen hatten die Mannen ihre Kartoffeln natürlich vergessen. Worauf der Landwirtschaftsratpädagoge anordnete, die Vergesslichen möchten sich sofort zu den ortsansässigen Bauern begeben und dort um die Produkte des fraglichen Nachtschattengewächses bitten.

Die Mannen gingen gehorsam ab, aber als hohenlohesche „Schlitzohren“ zerstreuten sie sich nicht in die benachbarten Kartoffelkeller, sondern marschierten heimlich alle ins nahegelegene Lagerhaus, wählten dort aus einer Sorte Kartoffeln diverse Variationen und kamen damit wieder an.

„Ei“, so sprach sinngemäß ihr Lehrer, „nun können wir ja mit unserem Kartoffelquiz beginnen.“ Er nahm eine der stärkehaltigen Knollen, zeigte sie rundum und analysierte sie als „Feldeslohn“. Typisch ist, meinte er, die Formtreue dieser Kartoffel, die sich stets um Rundovalität bemüht, mittelfrüh gedeiht, nur eine mittlere bis flache Augentiefe aufweist (wichtig für die Hausfrau beim Kartoffelschälen!), gelbes Fleisch besitzt und so fort. Alsdann stemmte er seinen Worten nach eine „Sieglinde“ in die Höhe, ein längliches, gelbfleischiges Geschöpf, mit ebenfalls schönen, ausdrucksvoll-flachen Augen und ansprechender Formtreue. Sie, so meinte er, ist anspruchslos, frühreif und nur wenig stärkehaltig, daher also gut für Salat verwendbar.

Die „Maritta“ tat er ein wenig ab, gehört sie doch zu den Plebejern unter den Kartoffeln, indessen die „Greta“ ein hohes Lob erfuhr, und dann Kartoffeln mit so klangvollem Namen wie „Hansa“, „Isola“, „Clivia“ und „Datura“ vorgestellt wurden.

Die „Schlitzohren“ in den Schulbänken verfolgten staunend die ungewöhnliche Demonstration ihres Lehrers, der mit solch unerhörter Eloquenz über das gleiche Ding die verschiedensten Dinge sagen konnte.

Was sie nun dazu meinten, fragte der Lehrer zum Schluss. „Ha“, sagte einer, und stand auf, „dass hald doch a Unterschied iss zwische Deorie un Pragsis, Herr Landwärdschaffdsrood!“

Wie geschmiert

Der Fuchsbauere-Frieder (sein Name lautet ein wenig anders, doch kennen ihn etliche Leute hier im Hohenloher Land, weil er an ihren Häusern schon werkmännisch tätig war) ist ein vom Schicksal herb geschlagener Mann. Er leidet an einer Art Austrocknung, die sich dadurch äußert, dass Magen, Darm, Herz, Leber, Lunge, Nieren, kurzum das ganze inwendige Friedersche „Gwärch" einmal im Tag völlig hart werden und sich nur dadurch wieder aufweichen lassen, dass ihr Inhaber etliche Fläschlein Bier konsumiert. Das muss meist abends geschehen, nach welchem Ereignis der Frieder (übrigens schon eine Weile im Rentnerstand) heimschwankt und, innerlich wieder aufgequollen, einem neuen Tag und einer neuen Austrocknung entgegenschläft.

Neulich nun war die Austrocknung besonders stark gewesen, so dass der Frieder noch mehr feuchten musste. Sein Heimweg gestaltete sich daher so kurvenreich wie die Silhouette der schönen Brigitte Bardot. „'s Dunnderholl", murmelte der Frieder, als es ihn wieder einmal querschlug, „schwankd der Mound heit awwer, mr kennd grood maane, där hädd an Rausch!" Endlich hieb es ihn zur richtigen Haustür hinein und die Treppe hinauf, grad in die Küche des Friederschen Hausstandes.

„Schnell noch a booar Eier ei'schlooche", sprach der Frieder, „sou a Gsundheidskur mechd aam doch an Saukohldambf!"

Er holte eine Pfanne herbei und griff nach dem Schmalzhafen. Doch infolge der zu kräftigen Kurmittel dieses Tages erwischte er (und das ist verbürgt, denn die Fuchsbauere-Lina berichtete die Sache haargenau und unter dem Siegel strengster Verschwiegenheit später ihrer Nachbarin) den Eimer mit Schmierseife. Und von der operierte er mit viel Mühe eine gehörige Portion in die Pfanne.

Als er die Eier darüberschlug, gab es zwar ein unfrohes Rüchlein, doch den Frieder scherte das wenig. „Bigannd schmecke s' heit, di Gaggelich", sprach er zu sich selber, und inhalierte die Mahlzeit, wonach er heiteren Sinnes ins Bett schlurfte.

Am nächsten Morgen erwachte er von einem heftigen Grimmen. In seinem Bauch orgelte es so gewaltig, als ob da jemand auf der Heldenorgel von Kufstein Händel spielen würde. „Uuuuuuah", machte es in tönender Fülle und gleich hinterher klang eine wunderbare Melodie, die jäh umschwang zu einem Leitmotiv von geradezu Wagnerscher Größe.

„Naus!" schrie der Frieder, „i muess naus, Lina, mach Platz, 's iss hechschdr Noodschdand!"

Der Leser braucht keine Unschicklichkeiten zu befürchten, es ging alles ordentlich, sozusagen wie geschmiert. Ein Nachbar jedoch, der frühmorgens am Friederschen Haus vorbeiging, bekam das große Staunen. Denn er sah aus dem kleinen Fenster eines bewussten Örtchens eine Seifenblase aufsteigen, so wunderschön und edel, wie er sie noch nie gesehen. Auf stieg das traumhaft leichte Gebilde und verschwand im azurblauen Morgenhimmel. Welcher künstlerischer Leistungen sind doch Hohenloher selbst in schlimmsten Lagen fähig!

Selbstmord bei plus 10 Grad

Plus 10 Grad, und kein Grad mehr, zeigte das Thermometer an jenem dunstigen, schreckensvollen Oktobertag des Jahres 1965, an dem die vorliegende Geschichte spielt. Eine Geschichte, deren Lektüre gewiss einigen Lesern das Blut in den Adern gefrieren lassen wird.

Die Geschichte hat eine Vorgeschichte. Sie beginnt damit, dass eine nahebei in einem berühmten hohenloheschen Städtchen ansässige Sportstudentin eine befreundete Turnlehrerin bat, ihr doch die letzte, für den Erwerb des Sportabzeichens noch zu absolvierende Prüfung abzunehmen: das 200-Meter-Brustschwimmen.

Die Turnlehrerin, eine ebenso liebenswürdige wie caritativ eingestellte junge Dame schlug vor, dies in dem Weikersheimer Hallenbad zu tun. Die Sportstudentin jedoch, leibesgestählt und von jenem alle Fährnisse überwindenden Geist erfüllt, wie ihn der selige Turnvater Jahn von seinen Jüngern fordert, meinte: „Nix doa, mir gähne in d' Dauwer!"

Und so kam es, dass an jenem oben zitierten Tag, an dem die Luft so kalt war wie das Wasser, zwei junge Damen am Ufer der Tauber aufkreuzten. Sie schritten den Fluss auf und ab und machten dabei seltsam deutende Gebärden, die einen nebenan ein großes Feld auf- und abpflügenden Bauern bereits zu heftigem Misstrauen erregten.

Er äugte von der Höhe seines Schleppersitzes herunter wie ein alter, lebensklug gewordener Eichelhäher und wurde von immer schlimmeren Ahnungen erfüllt.

Denn eine der beiden Damen versuchte sich sichtlich ihrer Habe zu entledigen, ließ jedoch jedesmal, wenn er vom Ende des Feldes zurückkehrte, das schon erhobene

Kleid wieder fallen. Für einen Augenblick sah er im Vorbeidonnern auch die Gesichter der beiden Mädchen: zitternd, bleich und ein bisschen verzweifelt schienen sie ihn anzuschauen.

„Doa schdimmd ebbes nedd, i glaab faschd, di welle ins Wasser“, stieg ihm ein furchtbarer Verdacht ins Hirn. „Sou jung, un scho schderwe“, sinnierte er weiter, machte sich Gedanken darüber, warum wohl die eine, vermutlich sparsamere, ohne „Klaader“ dahinfahren wolle, und beschloss, hilfreich wie nun Hohenloher einmal sind, sein schützendes Auge über die beiden im bleichen Oktoberlicht zitternden Mädchen zu halten.

Das Kleid kam daher nie viel höher als es durfte, nur einmal war es beinahe oben, da keuchte der Schlepper wieder heran.

Die beiden Mädchen schienen nun aufzugeben, sie verschwanden etwas flussabwärts, wo sie ein Gebüsch den Blicken ihres Hüters entzog.

Der dachte eben noch hart und ergiebig über das Geschehene nach, als er plötzlich, vom Gebüsch her, das Aufklatschen eines Körpers im Wasser hörte und gleich darauf einen lauten Schrei.

Das war zuviel für seine Nerven. Er riss den Schlepper herum und jagte aufs nahegelegene Dorf zu. „Hilfe!“ schrie er, „Hilfe, doa verseiffe si zwaa!“

Ein ganzer Haufen Volks rannte auf diesen Schreckensruf los zur Tauber und kam eben noch zurecht, um eine innig vor sich hinbibbernde, in einen flotten Badeanzug gekleidete Maid dem Wasser entsteigen zu sehen, das Lächeln einer Siegerin und Inhaberin des Deutschen Sportabzeichens im feuchten Auge.

Der Alarmrufer musste sich einigen Spott gefallen lassen, den ärgsten freilich, als der Helmele, der Filou des Dorfes, die Furchen sah, die der Bauer beim Anblick der sich entkleidenden Schwimmerin gezogen hatte.

Eine davon war besonders gekurvt, wobei es unschicklich wäre, zu glauben, dass sie gerade in dem Augenblick entstand, als das „Klaadle a weng arich weid owwe woar“. Wie der Helmele, das „Schlitzohr“, meinte.

Entsetzen im Hemd

Unbegreiflich hart schlägt mitunter die Faust des Schicksals zu. Neulich am Sonntag morgen traf sie einen hohenloheschen Familienvater, einen angesehenen, vielbeschäftigten Mann, politisch nicht ganz untätig sowie Inhaber zweier frohwüchsiger, gutgeratener Söhne.

Seit einiger Zeit behauptet er allerdings, dass er „di grääschde Doochdieb uffzouche hadd, wue uff Goddes Ärdboude rummlaafe!" Dieses herbe Urteil über seine Sprösslinge hat folgenden Vorfall zur Ursache:

Unser Vatersmann, dem hin und wieder zu heftigen Rückfällen ins Jugendalter neigenden Stand der Vierziger zugehörig, entstieg an einem Sonntag morgen wohlausgeruht und höchst tatendurstig seinem Nachtpfühl. Er tat dies, da er Schlafanzüge infolge ihrer bisweilen bauchzwickenden Wirkung nicht liebt, in einem langen, seitlich kokett geschlitzten, urdeutschen Nachthemd, einem Bekleidungsstück, das, wie Kenner wissen, Behaarung, Kurvenfreudigkeit und Bemuskelung eines Männerbeins in vollkommenstem Maße zur Geltung zu bringen vermag.

Mit einem heiteren Jauchzer stürmte er ins Bad seines Einfamilienhauses, als er darin seiner ebenfalls noch in Nachtgewandung befindlicher, zähneputzender Filiüsse ansichtig wurde.

„Ietzt kumm ii", schrie das muntere Familienoberhaupt, „naus mid eich Langweiler!"

Und sportlich-väterlich, wie Vierziger nun einmal sind, hieb er mit langem Bein — eine Art Nachthemd-Uwe-Seeler — dem Älteren eins über das Hinterteil.

Der, schussgewaltig wie Pele, der schwarze Fußballdiamant, hieb zurück, und sofort war die schönste Balgerei im Gange. Der sonnig-frohe Vater jagte infolge seiner gewichtsbedingten Mannesstärke das Jungvolk nur so durch das Haus.

Hei, war das ein munteres Jagen, wie flog das Nachthemd, wie klatschten die Schläge, wie hell sang der Kampfruf des hohenloheschen Recken! Da sah der Jüngere, in höchster Not befindlich, in einer Ecke einen Bundesgenossen sitzen: eine riesengroße, schwarze Kreuzspinne, ein Tier, vor dem, wie er wusste, seinen Erzeuger so heftig ekelt, dass er davor noch wilder flieht als es dereinst der tapfere Hektor vor dem mächtigen Achilles tat.

Er griff das Tier, das greusliche, schwarze, an den Spinnenbeinen, schrie: „Dess schdegg i dir ins Nachdhemmed, Babbe“, und prallte zum Angriff vor. Der Vater tat einen Schrei, so laut, dass die Mutter in der Küche das Frühstücksgeschirr fallen ließ, und entfleuchte.

Nichts half ihm, dem Flüchtenden, kein Bitten und kein Wutgeschrei, die spinnenbewaffneten Verfolger jagten ihn durch die Zimmer, in die Diele, in den Eingangsraum. Schon gellte der Ruf: „Mir hewwe ’n, ietzt kummd s‘ nei!“,

schon fühlte er der Spinnenbeine schreckliches Gekrall auf der nackten Haut, da sah er noch eine Türe!

In panischer Angst stürmte er auf sie zu, riss sie auf, schlug sie hinter sich zu, schloss die Augen und stammelte: „Geredded, in hechschder Nood geredded!“ Doch als er die Augen wieder öffnete, was sah er da?

In seinem Vorgarten stand er, am hellen Sonntag morgen, und hinter ihm war die Haustür im Schloss!

Und wie es das Schicksal will, das harte, unerbittliche, kamen auch gerade der Herr Pfarrer und zwei seiner mundfreudigsten Gemeindeschäflein um die Ecke.

Sie sahen ein Hemdlein fliegen und ein rosarotes Leuchten, und von wem es rührte, das sahen sie auch!

Die Gemeinde in der Kirche wunderte sich wenig später, dass ihrem Pfarrherrn, einem sonst ernstgesonnenen Mann, an diesem Morgen bei der Predigt immer wieder ein Schmunzeln ins Gesicht kam, eine Art himmlischer Verklärung, so, als sehe er ein Englein vor sich im lichten Gewand und mit goldenen Flügelchen!

Die beiden Gemeindeschafe kannten allerdings den Grund des Schmunzelns, und nach der Kirche taten sie auch genug, dass er ruchbar wurde.

Offenes Gespräch

Zu den mannigfaltigen Geistesgaben, die dem hohenloheschen Menschen mitgegeben worden sind, gehört auch ein hervorragendes diplomatisches Geschick. Würde man zum Beispiel die Stammbäume so berühmter Diplomaten wie Fürst Metternich oder Herzog Talleyrand untersuchen, so stieße man gewiss auf einen aus dem Tauber-, Kocher- oder Jagsttal gebürtigen Vorfahren, sind doch die Geschöpfe dieses Landstrichs besonders vererbungskräftig, was neben anderem auch die Hohenloher Hummele beweisen. Von zwei derart eingeborenen Diplomaten kündet diese Geschichte:

Sie beginnt damit, dass der Bullingers-Schorsch, ein tüchtiger und beliebter Agronom, wieder einmal von einer ihm anhaftenden schweren Krankheit befallen worden war. Trank er nämlich einmal ein Glas zuviel, so schlug ihm dies auf die Augen, und er sah dann schlecht. In diesem misslichen Zustand wollte er neulich eine junge Kalbin zum Bullen führen, erwischte aber infolge einer schon am hellen Nachmittag eingetretenen Fehlsichtigkeit deren Mutter, ein schon etwas spätes Rindvieh, das zwar brav mittrottete, jedoch, im Farrenstall angekommen, sich so unergiebig benahm, dass der Bulle nur verächtlich schnaufte und ihr keinerlei Gunst erwies.

Der Bullingers-Schorsch, der auch noch unterwegs wieder für seinen Durst etwas getan hatte und deshalb nicht hellsichtiger geworden war, nahm die vermeintlich recht blöde Kalbin wieder mit und kehrte, von heftigem Zorn erfüllt, unterwegs ein. Die so spröd Abgewiesene band er an einen Baum.

Wenig später traf der Abendscheins-Michel ein, Gastwirt und Viehhändler seines Zeichens, und ebenfalls von einem herben Leiden, einer immer etwas trockenen Kehle, befallen. Er hatte daheim Ärger gehabt, war ihm doch sein Ehegesponst, eine recht tüchtige, brave Frau, über den Mund gefahren, weil er wieder in einem sanften Räuschlein zu hoch geboten hatte.

Der Schorsch und der Michel hatten also beide Grund, etwas gegen ihren „Mordszoore" zu tun, sie gerieten in ein Gespräch, und bald waren sie beim Handeln angelangt. Der Schorsch redete immer von einer jungen Kalbin, die er billig abgeben wolle, der Michel sah jedoch nur eine alte Kuh draußen stehen, und so verwirrte sich trotz oder gerade wegen beidseitiger Klärungsversuche der Fall zusehends.

Schließlich schlugen sie ein, der Handel war perfekt und der Michel sagte zu, das Handelsobjekt am nächsten Tag abzuholen.

Am Morgen wachten beide mit einem schweren Kopf auf, beiden dämmerte irgendetwas von einem Viehhandel und beiden war es höchst ungemütlich.

Den Schorsch überkam, nachdem er von seiner Bäuerin aufgeklärt worden war, dass er gar nicht die Kalbin, sondern die Kuh dabeigehabt hatte, der furchtbare Verdacht, in seiner Enttäuschung über deren vermeintliches Versagen viel zu wenig verlangt zu haben, und dem Michel war nicht mehr klar, hatte er nun eine Kalbin sehr billig oder eine alte Kuh sehr teuer gekauft. Den genauen Betrag hatte keiner mehr im Kopf und das war fatal. Der Michel saß noch in seiner Wirtsstube, als der Schorsch ankam, ein Bier bestellte, und dann entspann sich folgender Dialog:
Schorsch: „Mir kummt's heit a sou schwiehl vor."
Michel: „I hobb aa sou aan komische Drugg im Koubf."
Schorsch: „'s kennd sei, dass i geschdern a weng z'viel drunke hobb."
Michel: „I glaab, i aa!"
Schorsch: „Michel, kousch du di noch an jed's Woord erinnere, wue mir bei unserm Handel g'schbroche hewwe? I kenned's nimmi!"
Michel: „I aa nedd!"
Schorsch: „Du waaschd awwer scho, wann's hollsch, dess

Schdiggle Vieh!“
Michel: „Noch nouni ganz genau. I mueß zerschd noch uff d’ Bank, wechem Geeld. Willsch du denn Bedraach in bar oder willsch an Schägg?“
Schorsch: „A Schägg wär mr liewer.“
Michel: „Bisch aa z’friede midd demm wass i zoohl?“
Schorsch: „Ha ja!“
Michel: „Odder maansch, ’s iss z‘weng?“
Schorsch: „Ha, sell nedd grood!“
Michel: „Wieviel dädschd du heit verlange, wenn mir den Handel nochemool mache däde?“
Schorsch: „Un wieviel dädschd du biede?“
Michel: „’s hald a Underschied, ob mr fär a Kueh bied‘d odder fär a Kalwele!“
Schorsch: „Ha freilli, b’sunders wenn mr an Ärcher hadd!“
Michel: „Sell is scho woohr!“
Schorsch: „Wenn mir kaan Ärcher g’hedd hädde, hädde mr vielleichd aa goor nedd g’handeld, maansch nedd aa?“
Michel: „Heit hewwe mr zum Beischbiel kann Ärcher, doa hädde mir denn Handel vun geschdern g’wieß goar nedd g’machd !“
Schorsch: „Noa iss doch eichendli där Handel aa goor nedd reechd z’schdand kumme.“
Michel: „Wenn i ’s reechd bedenk, noa schdimmd dess aa!“
Schorsch: „I maan, Michel, mir däde’s noa a liewer lasse wie’s woar, ka Handel, ka Viech, ka Geeld!“
Michel: „Schorsch, i maan a sou. Jetz iss zwische uns widder alles klaar!“
Schorsch: „Ha freilli, Michel, mr mueß ewwe bloaß o f f e middenander schwätze!“

Technische Nothilfe

Wer die Augen schließt und sich ein ganz kleines hohenlohesches Dorf vorstellt, so eins mit nur einem Dutzend Häuser, einem gusseisernen Brunnen in der Mitte und vielen alten Nussbäumen in den Bauerngärten, der hat es ungefähr im Blick, wo unsere nächste Geschichte spielt.

Dieses beschauliche Dorf hoch über dem Flusstal der Jagst wird von lauter freundlichen Leuten bewohnt. Sie heißen Otto oder Wilhelm oder Schorsch oder wie man sonst halt in der Gegend heißt. Der Gescheiteste im ganzen Ort ist freilich der Frieder, und von ihm wäre nun besonders hier zu berichten.

Der Frieder ist Inhaber eines stattlichen Besitztums, eignet ihm doch ein schönes Stück Felder und Wiesen, eine schaffige Bäuerin, ein funkelnagelneuer Schlepper, ein Stall voll sauberem Vieh und ein großes Bauernhaus, in dem nicht nur er und seine Familie wohnt, sondern auch noch ein Zimmerherr.

Dieser Zimmerherr, ein guter Zahler, der in Notzeiten auch noch aushilft, kam nun unlängst zum Bauern und meinte, dass das alte Sofa in seinem Zimmer unbedingt durch ein neues ersetzt werden müsse. Die Federn drückten durch, die Lehne sei gebrochen, und überhaupt quietsche das Ding verdächtig laut. Auch hätten sich die Motten schon längst daran sattgegessen.

Der Frieder, einerseits darauf bedacht, seinen Zimmerherrn zu behalten, andererseits auch ein bisschen sehr sparsam veranlagt, überlegte lange und eifrig, wie er zu einem billigen neuen Sofa kommen könne, und dann brach sie über ihn herein, die wunderbare Idee.

„Härr Wilhelm“, sprach er zu seinem Zimmerherrn, „ietzt schdelle S’ aafach morche frieh Ihr Soffa naus in de

Houf zum Liffde, grood midde in de Weech nei, un noa wärd si di Sach' scho färschle."

Der Mann tat am nächsten Morgen wie ihm geheißen und wenig später kam der Frieder aus dem Stall. Er sah angestrengt zur Seite, um ja nicht das Sofa ins Blickfeld zu bekommen, begab sich schnurstracks zu seinem Schlepper, setzte sich darauf und fuhr mit „Karacho" rückwärts aus dem Garagentor in den Hof hinein. Dort machte es plötzlich „Rumms", ein paar Sprungfedern fuhren jaulend in die Höhe, der Frieder schrie: „s' Dunnderholl, wass schdähd 'n doa midde im Houf!" und dann war das Sofa so restlos zerstört wie die Hoffnung eines späten Mädchens, das einem Heiratsschwindler in die Hände gefallen ist.

„Dess geihd 'n Haffdbflichdfall", meinte der Frieder zu dem Zimmerherrn, der erstaunt auf seine vernichtete Liegestatt sah, „i bin jo gued versicherd mid meim Schlebber! Si kenne aa beschwäre, Härr Wilhelm, dass i dess Soffa mit kaam Aaach g'seeche hobb!"

Am Nachmittag kam der Frieder siegesbewusst bei seinem Versicherungsvertreter an und meldete den Schaden. „Zoohle miessd 'r", verkündete er, „dess woahr nehmli di schenschd Scheisselongwe vum ganze Oord. A Familieschdigg, souz'sooche, mid 'm bsunders hooche Wärd."

Zehn Minuten später sah man den Frieder wieder abziehen, ohne neue „Scheisselongwe", denn aus dem Haftpflichtfall war leider nichts geworden. Was den Frieder freilich nicht lindert, auch weiterhin „g'scheid" zu sein.

Hau Ruck

Die schöne Stadt Kirchberg darf sich künftig stolz die Stadt der starken Männer nennen. Dort gibt es Bizepse von einem Umfang, dass bei ihrem Anblick selbst einem Cassius Clay das Großmaulieren verginge.

In einer bekannten Kirchberger Gastronomie hockten neulich zehn frohsinnige Jungmannen und genossen ein Metzelsüpplein. Rosig wie die Wänglein einer lenzlichen Maid lag das Kesselfleisch zwischen dem Sauerkraut, umkränzt von einer Girlande prallfülliger Würste.

Hei, da hieben sie ein, die hungrigen Helden, und dazu tranken sie lustvoll das heimische Bier.

Das gab Superkräfte, und nebenan am Tisch saß gerade ein Mann, der in Kirchberg eine wichtige Aufgabe vollzieht: der monopolisierte Müllabfuhrexperte des Gemeinwesens.

„Ha“, sprach einer der Frohgemuten, „du haschd's gued. Mid demm, wass anderi Leit wechschmeisse, a Haufe Geeld verdääne, dess iss scho a schlau's Gschäffd!“

Der Kommunalmonopolisierte wehrte sich heftig. „Ihr hebbd jo ka Ahnung, wi schwär sou a Wooche voll Mill iss“, sprach er, „zäh Kischde Bier zoohl i eich, wenn ihr mein Wooche vum Schdädtle bis nuff zum Müllabloodeblatz ziechd!“

Die Wette kam zustande, denn die zehn Metzelsuppenstarken boten 100 Mark dagegen.

Drei Tage weiter wurde sie ausgetragen. In der Nähe des Torturms stand der hoch beladene Karren.

Dann rückten die Mannen an, acht nur an der Zahl. Sie hatten sich jedoch zuvor noch im Gasthaus gestärkt.

Die Pferde wurden ausgeschirrt und die frohen Gestalten spannten sich stattdessen vor das Fahrzeug.

„Hau ruck!“ schrie einer, und los ging die Fahrt. Hintennach kamen die Pferde, der Müllmann, sein Eheweib (das ein Gesicht machte wie eine frühreife Pampelmuse, denn sie hatte erst kurz zuvor von der leichtfertigen Wette ihres Herzallerliebsten erfahren), und eine Menge heiteren Volks.

Bis zum Beginn der steilansteigenden Allee kamen die Mannen wacker, wenn auch leicht schnaufend, voran, dann gab es den ersten Halt. Einem der Mitschieber, einem Italiano, wurde es schlecht. Vielleicht, weil er beim Einleitungsvesper zuviel Kraftstoff getankt, vielleicht, weil er mit solcher teutonischuriger hohenlohescher Schubkraft nicht mithalten konnte.

„Mamma mia, maledetto, baucho mio totale kaputto“, stöhnte er, oder wie man halt auf Italienisch sagt, wenn das Inwendige nach außen drängt.

Die anderen ließen sich nicht aufhalten. „Auf gähd's, deitsche Brieder“, sprach einer, „in di Hende g'schbuggd, un kiehn einer feichtfrehlichen Zukunffd entgechen!“

Da zogen sie an, die sieben Franken, sie stemmten sich mit Manneskraft in die Speichen, drückten Zentimeter um Zentimeter den Wagen vorwärts. Der Müllabfuhrbesitzer und seine Frau machten immer längere Gesichter und die zwei Gäule ließen verbittert die Ohren hängen.

Und sie kamen nach oben! Männer, wie es sie eben nur im Hohenloheschen und sonst nirgendwo gibt! Der arme Müllabfuhrmann musste blechen, aber er tat es, das muss zu seiner Ehre gesagt werden, ohne Zaudern und Zagen.

Es gab ein Besäufnis, von dessen Urgewalt noch Enkel und Urenkel in Kirchberg sprechen werden, und wer am nächsten Morgen am Gasthaus vorbeikam, sah dort etliche hinterlassene Autos stehen, indessen die fussgängig heimgekehrten Helden in ihren Betten ausnüchterten. Denn der liebe Vater Staat mag nun einmal das Saufen nicht.

Verdacht

Der Hohenloher ist so etwas wie der Spanier der gemäßigten Zone. Das beweist einmal sein besonders inniges Verhältnis zu der wehrhaften Züchtung seines Landes, dem Hohenloher Bullen, zum andern seine hohe Begabung, Schmerzen der Liebe und der Eifersucht erdulden zu können.

Beide Empfindungen spielen in unserer nächsten Geschichte eine hochbedeutsame Rolle. Sie ereignete sich in einer kleinen hohenloheschen Stadt, über deren Identität freilich angesichts des pikanten Themas nichts gesagt werden darf. Die Hohenloher Caballeros werden das gewiss verstehen.

Dort fuhr vor etlichen Tagen ein Mercedes vor, der eine jener in voller Reife befindlichen Frauen entließ, die ebenso in der Lage sind, starke Ausstrahlungen von sich zu geben wie zu empfangen.

Die Dame blickte dem jungen Tankstellenwart, der in der Nähe amtierte, volltief in die Augen und sagte dann mit einer tönenden, vibrierenden Stimme: „Mei Kofferraamdeggel gähd nedd uff!"

Der junge Mann beeilte sich sogleich, Hilfe herbeizuschaffen. Ein Mechaniker kam, blickte ebenfalls in die auf verheißende Weise in namenlose Fernen blickenden Augen und sprach: „Sell werr mr glei hoowe!"

Er hatte es nicht, denn der Kofferraumdeckel blieb auf eine perfide Art und Weise zu. Die Dame schaute immer wieder auf ihre Uhr, wippte nervös mit den strammrassigen Hohenloher Beinen und wurde sichtlich ungeduldig.

Mittlerweile hatte sich ein ganzes Team von Reparaturfachleuten um das widerspenstige Autohindernis versammelt. Einer nach dem anderen versuchte seine Fingerfertigkeit, doch der Deckel tat nicht mehr, als einen oder zwei Zentimeter hochzugehen, dann kehrte er wieder in seine Ausgangslage zurück.

„Dess kou nedd andersch sei, als dass doa ebbes drinne iss, wue denn Deggel feschdhelld“, erklärte schließlich der jüngste Stift laut und vernehmlich. „Wissd ’r wass, i holl gschwind mei Dränegaasbischdohle, un noa ziele mr amoal in denn Schlitz doa nei. I denk, ’s werrd sie glei ebbes zeiche!“

Er hatte es kaum gesagt, da hob sich blitzschnell der Kofferraumdeckel und heraus trat, leicht zerknittert, der Ehemann der pressanten Dame.

„I hobb bloass gugge welle, wue du noufäehrschd“, sprach er, und angesichts des volltiefen Blickes seiner Holden war dies Begehren auch nicht ganz von der Hand zu weisen.

Eberkauf

Der Eberkauf ist für hohenlohesche Gemeinden eine geradezu existentielle Angelegenheit. Der Bürgermeister nimmt ihn daher entweder selbst vor oder er beauftragt etliche schweinezuchterfahrene Gemeinderäte mit diesem kommunalpolitischen Vorhaben.

So geschah es neulich auch in einer kleinen hohenloheschen Bauerngemeinde. „Andon, Paul und Frieder", sprach der dortige Schulz (und er ist ein Prachtstück von einem Hohenloher Bauernschulzen), „ihr drei foohrd nach Hall nei un kaafd an neie Eewer. Seechd zu, dass 'r an reechde drwischd! Dr Hermann sell mid seim Audo un seim Aaachsouhenger foohre!"

Das war klar und richtungweisend gesprochen, und so brauste das vierblättrige Kleeblatt nach Hall und erwarb dort einen Eber, einen Eber, der wahrhaft unvergleichliche Qualitäten aufwies. Wundervoll im Rahmen, herrlich im Fundament, trocken im Deckel, von einmaliger Springfreudigkeit, so stand er da, ein Urbild schweinischer Männlichkeit, Generationen von Sauen mit geradezu gigantischer Schinkenanlage und seltener Frohwüchsigkeit versprechend.

„Doa werde s' glotze", sagte der Frieder, als die Neuerwerbung in den Einachsanhänger verladen war, und rieb sich zufrieden die Hände.

„Wue'r drbei noch a sou billich woor", fügte der Anton hinzu.

„Doo miessed mr dirrägd aan druff drinke", stimmte der Paul in den Hochgesang ein.

Es wurde ein herrlicher Eberkauf; denn wo der Hohenloher Mensch, dieser Angehörige des sitzsamsten und sesshaftesten Volksstammes Europas, sein „schmooles

Hinderdaal“ einmal niedergelassen hat, da haftet es lange und gut.

Doch endlich, kurz vor Mitternacht schon, mahnte der Hermann zum Aufbruch. Die vier Frohgemuten kletterten in ihr Fahrzeug und brausten heimwärts.

„Drhaam“, rief der Paul, „endli wieder drhaam!“

„Un mid einem Eewer, denn miessde mr schier am Schulz noch. . .“ Der Frieder stockte auf einen Schlag; denn da, wo der Anhänger sein musste, war hinter dem Auto nichts als Nacht, milde, klare, hohenlohesche Nacht.

„Dr Ouhenger“, stöhnten auch der Anton, der Hermann und der Paul, „mir hewwe ganz vergesse, dass mr ’n beim Wechfohre hinde noumache!“

Nichts half, kein Jammern und keine Selbstzerfleischung: die vier Spezialeinkäufer mussten nochmals zurückfahren nach Hall. Dort stand, einsam und verlassen, der „Aaachsouhenger“ auf dem Parkplatz und drinnen schnarchte vernehmlich der neue Gemeindebedienstete.

Er kam zum Glück in dieser Nacht noch sicher heim und tut seitdem prächtig seinen Dienst. Denn was Hohenloher kaufen, und wäre es selbst unter widrigsten Umständen, muss einfach gut und wirkungsfreudig sein.

Fuchs raus!

Hohenloher sind Menschen von wachem Geiste. Erkennen sie eine Situation, so vermögen sie mit geradezu unwahrscheinlicher Konsequenz und Geschwindigkeit zu handeln.

So tat es auch der „Onkel“, ein hiesiger Jägersmann, dem es vergönnt war, schon frühmorgens, beim ersten Blick aus dem Schlafzimmerfenster, eine im Schnee über den Hof und in einer Dole verschwindende Spur zu entdecken.

„Fuchs“, zündete es in dem hohenloheschen Gehirn, und schon war der „Onkel“, noch im knöchellangen, nur eilends in die Hosen gestopften Nachthemd befindlich, aus dem Gemach, in den Schuhen, vor der Dole. Er besah mit scharfen Jägeraugen die Lage und erkannte, dass die Spur zwar hinein, aber nicht mehr hinausführte.

Schnell schleppte er ein paar Steine herbei und verstopfte damit die Löcher. Alsdann eilte er zu seinen im Dorf wohnenden Jagdfreunden und blies dort „Hali, Hala!“.

Die Mannen kamen. Sie kamen, treffgewohnte Büchsen über den Schultern. Und dann umstanden sie die Öffnung, hinter der der Fuchs gefangen saß. Jagdlust stand in ihren feurigen Augen. . .

Dann sprach der „Onkel“. „Rauss muess'r!“, erfasste er sogleich die Situation und schoss die bedeutsame Frage hinterher: „Awwer wie?“ Doch wo Hohenloher raten, ist ein guter Rat nicht weit. Der Schorsch hatte ihn.

„Wissd 'r wass“, meinte er und machte den rechten Zeigefinger krumm, „mir schidde aafach Mieschdbrieh ins Louch, noah kummd'r!“

Gesagt und schon getan! Bevor jedoch ein Güllenfass voll war, verreckten drei Pumpen, da die Mistbrühe eisig war.

Endlich stand die Ladung bereit. Ein Stein wurde weggeschoben, ein Schlauch durch die Öffnung gesteckt und dann begann die Füllung. Glucksend plätscherte die triebkräftige Brühe in den dunklen Schlund der Dole.

Nach zehn Minuten war das Fass leer, jetzt musste der Fuchs erscheinen.

Die Jäger harrten, doch die Beute blieb aus. „Vielleichd hadd där Fuchs a Gaasmasge drbei“, witzelte ein Humorvoller.

„Odder er hadd si in a Luuftbloasse z'riggzouche, sell iss fissigalisch meechlich“, bemerkte ein Siebengescheiter.

„Jedenfalls miesse mir nochemoal beroatschlooche“, stellte der „Onkel“ als dritter Diskussionsredner fest.

Die Jäger bildeten erneut einen Kreis und hielten Rat. Auf einmal, witsch, war der Fuchs heraus, machte sich lang wie eine amerikanische Rakete und ging ab wie eine russische.

„Schieß, Ongel“, schrie der Schorsch, und der „Ongel“ riss die Flinte hoch.

Er drückte ab, doch es machte nur „batsch“, der Schuss ging nicht los. Nachschuss, diesmal klappte die Sache, doch der Fuchs war schon um die Ecke, und die Kugel zwitscherte schadlos in blaue Fernen.

Verdutzt schauten sich die Mannen an. „I glaab, där iss ford“, bemerkte der „Onkel“ schließlich und bewies damit erneut, was anfangs gesagt worden ist.

Der Fuchs jedoch hockte irgendwo im Wald, zog die Nase missbilligend hoch, beroch sein nasses Fell und dachte trotzdem frohen Muts: „Wenn’s a schdingd, Haubdsach, i leeb!“ Eine Philosophie, die beinahe menschlich ist.

Die Bedingung

Mit einer rechten Geschichte ist es wie mit einem guten Zwetschgenschnaps: Beide müssen ein paar Jährlein alt sein, bis sie ihre Schärfe verloren und das volle Aroma entwickelt haben.

Es ist somit auch schon eine ganze Weile her, dass in einem durchaus stattlichen hohenloheschen Dorf der Organist der evangelischen Kirchengemeinde mit einem Gesuch an seinen Kirchengemeinderat herantrat. Da er von Beruf Pädagoge, nämlich Oberlehrer, war, hatte er dieses fein säuberlich aufgesetzt und darin gebeten, man möge ihm doch das Entgelt für den Organistendienst kräftig erhöhen. Woran er, als Begründung, fügte: Es sei doch eine nicht unerhebliche Belastung, jeden Sonntag, ob zur schönen Maienzeit oder im rauhen hohenloheschen Winter, in die Kirche gehen und dort eine Stunde lang den Gesang der Gemeinde begleiten zu müssen, von der nachmittäglichen Christenlehre für die Söhne und Töchter der Gemeindeglieder ganz zu schweigen.

Die Kirchengemeinderäte lasen das Gesuch aufmerksam, schüttelten missbilligend die Köpfe und folgten, da sie rechte Hohenloher waren, einstimmig einem Vorschlag, der kurz und bündig gelautet hatte: „I maan, mir lehne ooh!"

Dieser herbe Beschluss, begründet mit der schlechten Lage der Gemeindekasse, wurde dem Organisten zugestellt, den daraufhin ein nicht unerheblicher Grimm packte. Doch dieser Grimm verschwand bald und machte einer Erleuchtung Platz, die fast etwas Pfingstliches an sich hatte.

„Hochwohllöbliche Herren Kirchengemeinderäte", so schrieb der abgeblitzte Organist, „ich habe davon Kenntnis genommen, dass es Ihnen aus finanziellen Gründen nicht möglich war, meinem Gesuch zu entsprechen. Leider kann ich mich mit Ihrem Bescheid nicht zufrieden geben und werde mein Organistenamt mit sofortiger Wirkung niederlegen, wenn sie nicht auf einen der beiden nachstehend genannten Punkte eingehen: 1. Entweder Sie erhöhen mein Gehalt, wie in meinem Gesuch vom Soundsovielten bereits dargelegt, oder: 2. Sie sind damit einverstanden, dass ich künftig ganz ohne Entgelt spiele, allerdings nur unter der Bedingung, dass dann künftig sämtliche Mitglieder des Kirchengemeinderats allsonntäglich auch die Kirche besuchen. Ausnahmen werden von mir nicht anerkannt. Mit vorzüglicher Hochachtung, Ihr sehr ergebener Organist. . ., Oberlehrer."

Der Beschluss, den die Kirchengemeinderäte auf dieses Schreiben hin fassten, brauchte zum Zustandekommen nur etwa zwei Minuten. Er lautete kurz und bündig: „Bedingung Nummer 1 angenommen."

Neier Wei' un Zwiwwelkueche!

Wenn alle Jahre im Herbst der noch junge Traubensaft im Fass rumort, ist der Hohenloher Mensch nicht mehr zu halten. Dann muss er hinaus aus der Enge des Hauses und seiner Leidenschaft nach neuem Wein und Zwiebelkuchen frönen. Mutig, wie er nun einmal ist, nimmt er darob sogar schwerste Gefahren in Kauf, denn gegen die Wirkung von gedämpften Zwiebeln plus „Federweißem“ nimmt sich selbst ein Ätnaausbruch wie ein sanftes Säuseln und die Brandung des Atlantiks wie zärtliche Kammermusik aus.

Furchtbar ist vor allem die Plötzlichkeit, mit der sich jene eruptiven Ereignisse einzustellen pflegen — und genau damit rechnete der Frieder, ein Oberschlitzohr hohenlohescher Provenienz, ansässig in einer ebensolchen Stadt.

Hier hockten in einer lauschigen Gastronomie zwei Dutzend Bürger und gaben sich dem Genuss des „Neien“ hin. Milchig stand er in den Gläsern, so unschuldig anzuschauen wie ein Jüngferlein, das artig seinen Eltern gute Nacht sagt, um anschließend aus dem Fenster zu steigen und eilends zu seinem Liebsten zu gehen.

„Noch en Neie“, rief eben der leibesfüllige Gottlob, „damit'r aa richdi wirgd“, und streckte der Wirtin sein Glas hin. Die schüttelte den Krug, um auch genug von der triebsauren Hefe mitzubekommen, und tat dem Zecher seinen Willen. Worauf sein Freund Helmele, ein ungemein lang und hager geratener Handwerksmeister, es ihm nachtat.

„En Zwiwwelkueche däd i aa noch drzue esse“, fügte er bei, und so wurde die Ladung allmählich vollkommen.

„Heidesaawel“, meinte der Gottlob, „wi där aam im Bauch umenanderfährd, dess iss a wahri Luuschd!“

Und auch beim Helmele, bei dem das Gedärm seiner ganzen Statur nach die Länge des Sankt-Gotthard-Tunnels erreichen musste, fing das Innere an zu tönen gleich einem philharmonischen Orchester, in dem die Bassisten ihre Geräte stimmen.

Das war der rechte Zeitpunkt für das Oberschlitzohr Frieder, um zu verschwinden. Er begab sich auf den wirtschaftszugehörigen Lokus, kletterte heimlich auf einen Stuhl und stellte von innen mittels eines Besenstils den Türgriff senkrecht. Worauf außen das schlichte Wörtchen „Besetzt“ erschien.

Wenig später riss es den Gottlob von seinem Sitz hoch. „Auf!“ schrie er, „’s gähd loass!“ und eilte hinaus. Eine Minute später war er zurück. „’s hoggd aaner druff“, meinte er, „verheib mr’s noch a weng!“

Drei Minuten später geschah das gleiche, und noch immer blieb der Gottlob gelassen. Nur feiner Schweiß bedeckte die Wangen.

Auf einmal spritzte der Helmele aufwärts. „Zärschd kumm i an d’ Reihe“, schrie er und entschwand in Windeseile.

Bleich und leicht verklemmten Schrittes kehrte auch er zurück. „Där hoggd immer noch“, ließ er vernehmen, „awwer i hob zur Vorsorch amoale an d’ Diere klobfd!“

„Helmele, i kou dr nedd helfe, awwer bei mir dridd in weniche Segunde ein akuder Nodschdand ei, där Vordridd g’häerd mir!“ flehte der Gottlob.

„Vordridd uff ’m Abdridd, dess iss gued“, stichelte der Frieder dazwischen. Der Gottlob ließ es unbeantwortet und schrie: „Awwer bei mir, bei mir nahd bereids ein Kadaschdrofenfall, und deshalb. . .“

Als jedoch plötzlich der Frieder meinte: „Ich glaab, i hobb drausse a Diiere gähne hääre“, rannten die beiden so hart Bedrängten im Gleichschritt los. Draußen vor der Lokustür erhob sich ein wildes Geschrei. „Kumm du bloass raus, dir schlooche mr d’ Fiess am lewendiche Leib oo“, so klang es wundermild aus des Gottlobs Mund, und der Helmele „bläägde“: „I mach di fei hafdbar, wenn’s bei mir in d’ House gähd!“

Doch drinnen blieb es still, und so blieb den beiden Mannen nichts anderes übrig, als schnell seitwärts in die

Büsche zu entweichen. Nach zehn Minuten kehrten sie retour und waren nun bereit, Rache zu nehmen, denn der „Dauerbamber“, wie ihn der Gottlob nannte, saß noch immer. „Ietzt draud’r si nimmi raus“, sagte der Helmele, „awwer mir holl’n vun owwe!“

Doch der Angriff von oben blieb erfolglos, denn das Abteil war leer und die beiden’ ahnten auf einmal, dass ihnen da ein furchtbarer Streich gespielt worden war.

„Mr solld’s nedd glaawe, wass’ doch fär schlechdi Menschi geihd“, meinte das Schlitzohr Frieder bekräftigend dazu und trank genüsslich noch einen „Neien“.

Geist im Rohr

Unsere Erzählung hebt damit an, dass der Pfarrherr eines kleinen hohenloheschen Dorfes unlängst in seiner Studierstube saß und an seiner Sonntagspredigt werkte. Er tat es sich dabei nicht leicht, ist doch der Hohenloher ein kritischer Kirchgänger, der seinem Pfarrer nicht so rasch verzeiht, wenn der bloß fromme Sprüche von sich gibt und jede Feinheit in der Auslegung des Textes vermissen läßt. (Die hohenlohesche „Schlitzöhrigkeit" übt sich nämlich bei Gelegenheit gern daran, in den festgefügten Ordnungen der christlichen Lehre immer wieder ein „Hinderdierle" zu entdecken.)

Dem Pfarrer gelang eben ein besonders schönes Gleichnis, das der Gemeinde so recht die Boshaftigkeit des Leibhaftigen klarmachen sollte, als es einen gewaltigen, dumpfen Schlag in der Stube tat.

Der emsige Werker schrak hoch und blickte erstaunt um sich, doch in der Stube hatte sich nichts verändert. Fast der Meinung, dass er einer Halluzination zum Opfer gefallen sei, beugte er wieder das Haupt, doch als er eben das Wort „Teufel" hinschrieb, tat es wieder ein Geräusch. Diesmal freilich nicht schlagartig, sondern eher so, als striche etwas Fremdartiges, Unnennbares mit hallendem Flügelschlag durch den dämmrigen Raum. Dem Pfarrer wurde der Halskragen zu eng, und nun begann sich in ihm jenes bange, urhohenlohesche Gefühl zu regen, dass es doch irgendeine Geisterwelt geben könne, eine Materialisierung jener Kräfte, die er eben in seiner Predigt attackierte. In ungewisser Besorgnis stand er auf und rief seine Pfarrfrau. Die kam, im Augenblick ganz weltlich gesonnen, mit dem Besen in der Hand an, vernahm die Geschichte und meinte: „I glaab, du haschd draamd, Mou!" Wobei sie mit dem

Besenstiel an Schrank, Türe und Bücherbord klopfte, auf welches sicher auch Geister störende Geräusch hin jedoch nirgendwo ein solcher hervorschoss.

„Siegschd“, meinte sie, „’s iss nix doa! Schdudier norr weider.“

Die Pfarrfrau verschwand, und der Pfarrherr ging erneut seiner Tätigkeit nach. Plötzlich — er war, aus dem Konzept gebracht, noch nicht über das „Teufels-Gleichnis“ hinweg — hörte er wieder den fremden Ton. Diesmal ein Kratzen, als wolle ein Lebewesen aus irgendetwas heraus. Der Klang war so seltsam, so hohl, so ganz und gar überweltlich, dass dem einsamen Mann sogleich ein kühler Schweiß auf der Stirn stand.

Nun sind hohenlohesche Pfarrherrn nicht nur geisterfürchtige, sondern auch mutige Männer, weshalb der so vom Unerkennbaren geplagte Mann wie weiland der große Luther nach einem Wurfgeschoss griff (allerdings, da er mit dem Füllhalter schrieb, nicht nach einem Tintenfass, sondern nach einer Dose Pelikanol), doch sah er, ungleich seinem wackeren Vorbild, kein Vis-à-vis im Türrahmen stehen.

Jetzt wurde es ihm zu dumm. Er marschierte hinüber zum Häfeles-Bauern, einem rechtschaffenen hohenloheschen Menschen von etwas lästerlicher Grobheit, doch in solcher Situation gerade recht. „Häfeles-Bauer“, sprach er, „gäh mied, an Gaaschd verdreiwe.“

Der Häfeles-Bauer ging mit, hockte sich mucksmäuschenstill in die Studierstube und da — plötzlich war es wieder im Raum, das fremde Geräusch. Der Häfeles-Bauer witterte kurz wie ein alter Märzen-Rammler, schnelzte hoch, eilte auf den Ofen zu, hielt das Ohr an das Ofenrohr, sprach: „Doa drinne hoggd’r!“ und drehte die Rohrbüchse heraus. Dann griff er rasch ins Rohr, tat einen triumphierenden Schrei und zog — das Gesicht des Pfarrherrn wurde ellenlang — eine Taube heraus, ein allerdings nicht mehr weißes, sondern rabenschwarzes Vogeltier, das dem Pfarrherrn sofort ums Haupt flatterte.

Die Taube gehörte, wie eine Umfrage ergab, nicht ins Dorf. Wie sie in den Kamin gefallen, diesen heruntergerutscht und im Ofenrohr steckengeblieben sein konnte, niemand wird es je enträtseln. Doch wird in jedem hintersinnigen Hohenloher die Frage entstehen, warum gerade eine Taube, und dann noch eine schwarzgewordene, einem Pfarrherrn in den Kamin flog, als dieser über den Teufel meditierte. Eine Taube, wohlgemerkt. Wer ein guter Christ ist, muss tief darüber sinnen!

„Sau tot!“

Liebe Freunde und Leser: Der Tod eines Ebers ist zu beklagen, eines durchaus edlen Ebers schwäbisch-hällischer Provenienz mit oranisch-holländischer Blutführung und von stattlicher Frohwüchsig-, Rumpfig- und Langrippigkeit.

Dieser Eber nun war lange Zeit im Auftrag einer gar nicht weit abgelegenen Gemeinde sozusagen als Kommunalbeamter tätig gewesen; ein Dienst, den er gewiss mit mehr Liebe und vor allem mit mehr Lust versah, als es manch anderer Behördenvertreter angesichts der nur mäßigen Bezahlung zu tun vermag.

Eines Tages jedoch beschlossen die Gemeindeväter, den üppigen Produzenten vieler Generationen rosiger Ferkel abzustoßen. Sie handelten mit einer Nachbargemeinde einen sehr guten Preis aus, und der Termin der Eberablieferung wurde festgesetzt.

Zum Zwecke der Überführung wurde der schweinische Geselle in einen Säukasten gesperrt, was nur unter großen Schwierigkeiten vonstatten ging, lassen sich doch Herren von solcher Vitalität nur ungern in ein enges Gemach pressen, und wenn schon, dann nur mitsamt einer gleichgesinnten Schweinedame.

Doch endlich hatten ihn die mit dem Transport beauftragten Gemeindeväter drinnen, sie spannten einen Bulldog vor den Karren und donnerten los. Da es aber ein hitziger Tag war, und die Sache mit dem Eberexport doch nicht so ganz pressierte, hielten sie vor einer halbwegs gelegenen Gastwirtschaft an, stellten den Eber in den Schatten und tranken eins. Das Borstentier nahm dies zuerst mit Gelassenheit hin, doch dann stiegen allmählich seine Temperaturen, und es hätte sich auch weit lieber im kühlen Schlamm gesuhlt, als vor einer Wirtschaft darauf gewartet, wie sich eine Anzahl Gemeinderäte am kühlen Bier labten.

Der Eber blies sich vor Wut und Hitzigkeit derart auf, dass die Bretter und Balken anfingen zu knacken, und als er endlich weitertransportiert worden war und ausgeladen werden sollte, ging er nicht mehr aus dem Kasten heraus. Dieser saß so stramm und hauteng um ihn herum, wie das Korsett um eine stattliche Frau Bürgermeisterin oder so.

Alles gute Zureden half nichts, auch kein Zerren und Drücken und schließlich meinten die Käufer schon: „Ha, wenn 'r eiern Ewer nedd rauskriechd, noe nemmd 'r 'n hald widder mied, mir werre scho wue andersch aan härbringe!“

Das war zuviel, denn die Gemeindeväter hatten sich schon ausgerechnet, dass sie für den stattlichen Verkaufserlös einen jungen Eber kaufen könnten.

„'s Dunnderwedder", sprach der vom Biergenuss hell erleuchtete Schorsch, „wenn 'r nedd freiwilli rausgähd, noa mueß 'r hald uff anderi Oard raus! Wi hadd scho unser groaßer Landsmou Schiller g'sochd: Un bisch du nichd willich, sou brauch ich Gewald!' Nach dem Moddo werd'r ietzt rausg'holld!"

Gesagt, getan. Der Bulldog wurde umgespannt und ein langes Seil an den Zughaken geknüpft. Dieses Seil bekam der Eber umgelegt, durchaus fachmännisch, wie die wackeren Erfinder dieser neuartigen Eberherausziehmethode meinten. Doch als der Bulldog anruckte, tat es nur einen leichten Knacks, der Eber legte den Kopf zur Seite und war hin.

So geschehen in den hohenloheschen Landen, die reich sind an Menschen und Ereignissen absonderlicher Art.

Schicksal im Schnee

„Kummsch also morche oowend rauf, noa kriegsch a briima Metzelsubbe. A Seille wärd g'schlachd, mei Liewer, doa leffd'r 's Wasser im Maul z'samme, wenn's norr ouglodschd!" So endete vor drei Tagen ein Gespräch zwischen zwei Freunden, und damit beginnt's.

Am nächsten Abend band sich der so freundlich Eingeladene als sportlich gesonnener Mensch ein paar Skier unter und stieg zusammen mit seinem Hund hinauf zum Nachbardorf, wo die Metzelsuppe stattfand.

Das „Seille" hielt dann auch im Tode durchaus das, was es zu Lebzeiten versprochen hatte. Die Griebenwurst schmeckte so kraftvoll, wie unter allen derartigen Würsten nur eine hohenlohesche Griebenwurst schmecken kann, die Leberwurst zerging auf der Zunge gleich edelstem Nougat aus Montelimar, und erst das Kesselfleisch! Es war der Wonnen höchstes, eine wahre Augen- und Gaumenweide, wie es da kernig und lustversprechend zwischen dem Sauerkraut lag, umgeben von einem Speckrand, dessen rosige Zartheit nur noch von der Rosigkeit der hohenloheschen Jüngferlein — und bei denen wieder nur an ihren zartesten Partien — übertroffen werden kann.

Dazu gab es einen hausgebrannten alten Zwetschgenschnaps, der überaus wohlschmeckend die Gurgel hinunterplätscherte.

Er plätscherte ausgiebig, und so war es schon spät, als der Gast aufbrach, sich die Skier anschirrte, den von der Bäuerin mit einer Metzelsuppe gefüllten Rucksack auf den Rücken nahm und wieder dem Tal zufuhr.

Die Skier furchten pfeifend den Schnee, der Mond hing bleich am sternklaren hohenloheschen Himmel, der Hund stob nebenher und der Mann empfand: Es ist eine Lust zu leben! Dazu gerieten ihm in seinem beschwingten Zustand die Stemmbögen ganz vortrefflich und schon war er knapp über dem heimischen Haus, da geschah es. Sei es, dass die stammesnotorisch absonderlich geformten hohenloheschen Gehwerkzeuge aus der Spur gerieten, sei es, dass sein allgemeiner Zustand ihn fällte, jedenfalls tat es einen Ruck und der Mann verschwand kopfüber im Schnee. Für eine kurze Zeitspanne war er geistweise sozusagen weggetreten, wenig später erwachte er wieder, fand sein Gesicht im Schnee und vermerkte einen bohrenden Schmerz an der Stirne. Doch das war nicht das Hauptgefühl. Dieses saß ihm gewissermaßen im Genick, wo er eine lauwarme Befeuchtung verspürte, eine Berührung, die in Intervallen kam und verschwand.

„Verletzt", dachte der Mann in seiner Benommen- und Benebeltheit, „schwer verletzt". Er drehte leicht den Kopf, und sah seinen Hund über sich stehen, der gerade laut schmatzend etwas hinunterschluckte. Instinktiv griff er in sein Genick, und dann wurde er so bleich wie der Schnee, in dem er lag. Denn was er da in der Hand hielt, war eine blutige, weiche Masse, ungeformt und entsetzlich anzuschauen.

„Mei Hiiere", murmelte er mit letzter Kraft, „mir hadd's 's ganz Hiiere hindenausg'schlooche, un ietzt hadd's a noch dr Huund g'fresse!"

Taumelnd erhob er sich und wankte vollends seinem Haus zu, öffnete die Türe und sah seine Frau auf sich zukommen.

„Mou", schrie die, „wass iss bassiert? Du bisch jo kreideblaach!"

„Doa", antwortete der Mann und wies nach hinten, „doa glotz nou, alles iss hii!"

Die Frau, nicht minder erschrocken, sah nach, aber nach einem Augenblick wurde sie durchaus fröhlich: „Alles hii", rief sie, „freili is alles hii! 's ganz Broadwurschdbreed, wu dr d' Beire in de Ruggsagg packd hadd, hengd do hinde!"

Und so war ein hohenlohescher Mann noch einmal, um ein Haar, einem grausamen Schicksal entronnen.

Herz in Not

Die Liebe erzeugt mitunter, und zumal im säftetreibenden Monat Mai, die erstaunlichsten Irrungen und Wirrungen. So widerfuhr es auch dem Uli, einem ansonsten geradezu schüchternen jungen hohenloheschen Menschen, der neulich mit einigen Freunden bei einem Glas Bier beisammensaß.

Der Uli sprach wenig, und das fiel schließlich dem fidelen Franz, einem Neuhohenloher preußischer Herkunft, auf. Schon ganz hohenlohesch akklimatisiert, traf er die hinterhältige Feststellung: „I will nix g'sochd hoowe, awer i glaab schier, dr Uli iss verknalld!"

„Saudumms Zaich", entgegnete der Uli, doch der Blick seiner Augen, denen eines weidwund geschossenen Rehes nicht unähnlich, verriet alles.

„I waass, hinder wemm'r häär iss", ließ sich nun der mopsgesichtige Gottlieb vernehmen, „hinder dr Schdaabrenners Lore iss'r häär. Bloass, er draud si nix zu' re sooche."

„Freilli draud'r si", meinte der Kurt, von Berufs wegen mit hiesigen Bullen beschäftigt und daher besonders feurig veranlagt. „Denn Uli, den kennd ihr nehmli alli nedd, där mechd, wenn's sei muess, dr Lore heid nachd noch an Liewesoudrooch!"

Worauf der hohenlohesche Farrenstall-Caruso sich auf den Stuhl stellte und lauthals sang: „Die Li-hie-we, die Li-hie-we, iss eine Himmelsmachd!"

Den Uli wurmte diese Stichelei ganz gewaltig, und da ein ergrimmter Mensch stets auch ein besonders durstiger Mensch ist, trank er ein Glas Bier zuviel, mehr aber gewiss nicht.

Speziell hatte sich jedoch die Kurtsche Äußerung, „bassd uff, där mechd heid nachd noch dr Lore e Lieweserklärung“, in seinem Hirn festgesetzt, und so geschah es, dass das lenzlich so jäh erregte Opfer boshafter Stichelei plötzlich auf einen nur aus seinem verworrenen Seelenzustand erklärlichen Einfall kam.

Der Uli marschierte zu dem Steinbrennerschen Haus, legte rasch die Lage des Schlafzimmerfensters seiner Angebeteten fest und schleppte aus einem nahegelegenen Baugeschäft in Ermangelung einer Leiter eine lange Bohle herbei.

Die lehnte er an die Hauswand und ging daran hoch wie ein himalayanischer Sherpa an der Mount-Everest-Nordwand. Oben fand er ein Fenster, das jedoch geschlossen war. Die Liebe verleiht aber bekanntermaßen ungeahnte Geschicklichkeiten. Nach zwei Minuten war das Fenster auf, allerdings ging eine Scheibe dabei zu Bruch. Eine Scherbe klirrte zu Boden, eben als der Uli, bebenden Herzens, den Fußboden des Schlafzimmers der geliebten Lore berührte. Die fuhr hoch, sah eine dunkle Gestalt am Fenster und schrie: „Hilfe! Hilfe!“

Der Schrei gellte so laut, dass der Vater alsogleich nachthemdig aus dem Bett und hinüber ins Zimmer seiner Tochter schoss, gefolgt von der Mutter, die sich, handfest veranlagt, sogleich mit einem Besen bewaffnet hatte.

„Hende hoch!“ schrie der Vater, kriminalistisch durchaus hochgebildet, „odder ich schiesse!“

Dem Uli erstarrte das vor Sekunden noch so liebevoll bewegte Herz zu Eis, hatte er doch gewiss nichts anderes im Sinn gehabt, als der Lore zu sagen „I mooch di!“ und sonst gar nichts. Blitzschnell wurde er vom feurigen Casanova wieder zum ganz bescheidenen jungen Mann und so brachte er nur hervor: „I bin doch dr Uli, un i hobb aa ganz g'wiess nedd schdääre g'welld!“

„Hinaus!“ brüllte der Vater, in diesem Augenblick nicht voll einsichtig, und das erregte den Uli zu raschem Tun. Er kletterte auf die Bohle zurück, murmelte noch ein „Nix fär u‘gued, Lore!“ zurück und rutschte abwärts.

Dabei geriet ihm — kommt doch ein Unglück selten allein — ein ziemlich langer Spreißel in die linke Hinterbacke. Dort sitzt er noch und eitert nur langsam heraus. Doch der Uli empfindet nur einen süßen Schmerz, lächelte ihm die Lore am nächsten Tag doch recht verheißungsvoll und kein bisschen böse zu. Woraus zu schließen ist, dass Herz und Spreißel beim Uli am richtigen Fleck sitzen!

Der „Schbezial-Geiger“

Der Ewald und sein Freund Schorsch sind die prachtvollsten Mannsbilder, die man sich denken kann, wenn auch der eine auf dem rechten Hinterhuf ein wenig lahmt und der andere gern brummt wie ein alter Dachkater. Im ganzen Landstrich um Kocher, Jagst und Tauber gibt es keine gewaltigeren Weidmänner als die beiden, freilich auch keine größeren Lügenbeutel, wenn sich’s um Jagdgeschichten dreht. Einer von ihnen allein im Wirtshaus geht noch, weil sich dann nur die Balken biegen, hocken sie aber beisammen, so krümmen sich Decke und Fußboden wie ein Wurm in der Salatbrühe.

Erst vorgestern kam der Ewald mit seiner Geschichte von dem Marder daher, den er schiergar mit seinem Schlepper einfing. Er hatte im Wald Holz gefahren, als aus einem Reisighaufen plötzlich ein Marder herausfuhr, „a Dier, mindeschdens anderdhalb Meeder lang, mid’m Schwounz g’messe nadierli, i will jo nedd lieche!“ Da der Ewald seine Flinte nicht bei sich hatte, fuhr er blitzschnell, mit seinem Schlepper auf zwei Reisigäste. „Die sann hoachg’schnelzd vun demm Drugg vun de Vorderreeder un hewwe si g’gawweld wi a Zwiggzange. Un was dengd’r, wass drinneg hengd is? Dr Marderschwounz! De Marder selwer, denn hadd’s gladd oozwiggd, un ietz mueß där arm Kerl ohne Schwounz umenanderbfurre. Erschd di Deech hob i ’n g‘seeche!“

„Sell iss noch lang nix“, meinte der Schorsch, „wi i neilli durch de Wald gange bin, doa seech i doch bletzli a Wildsau under‘m Busch leeche. Ganz haali iss doagleeche un hadd si uff ebbes nuffdriggd. Mid ihre klaani Aache hadd’s mi ouguggd, als welled s’ sooche: ‚O Mensch, lass mi in Ruh!’ Wi i awwer näwer nougäh, noa werd’s doch u‘ruhich, un uff amoal iss aufg'schdande un drvoau. Un wass dengd'r wass i doa seech? Iss doch die Sau uff'm Geleeche vun Gaggelich druffg'hoggd un hadd's ausbrüeded! Sou ebbes hebd'r aa noch nedd g'häerd, dass Wildsaugaggelich geihd, gell?"

Wer weiß, ob die ganze Wirtschaft nicht noch eingefallen wäre, wenn nicht der Schorsch zufällig einen Sack mit einem lebendigen Inhalt dabeigehabt hätte. „Doa iss mei Schbezialgeiger drin", erklärte er, „denn hobb i erschd uff're Ausschdellung g'hedd. Dess iss vielleichd a Geiger, där iss schärfer wie a Houfhuund! A Haufe Leit hewwen kaafe welle, awwer ich geb'n nedd här under fuffzäh Marg!"

Wie's eben nun so geht, das genossene Bier suchte seinen Weg und der Schorsch musste einmal hinaus. Den Augenblick benutzte der Gottlieb, ein Erzfilou, holte den Geiger heraus, steckte ein kleines Kissen in den Sack und band ein Stück Schnur an das unter dem Tisch liegende Stück. Kaum war der Schorsch zurück, fing der schon wieder von seinem Schbezialgeiger an, während sich eine halbe Stunde später ein lieblicher Duft nach Hähnchen im Bratrohr verbreitete. Der gute Schorsch blieb freilich ahnungslos, denn der Gottlieb ruckte ab und zu an der Schnur, der Sack zuckte, und der Schorsch war zufrieden. Ja, er ließ sich recht gern zum Essen einladen. Der gebratene Gockel kam, überaus knusprig lag er auf der Platte. Der Ewald meinte recht hälinge: „No, wi schmeggd'r dr?"

„Gued", meinte der Schorsch, „awwer mei Schbezial-Geiger, der däd noch viel besser schmegge!" Worauf er wieder einmal über den Sack fuhr, an dem der Gottlieb heftig ruckte.

„Sei ruich", meinte der Schorsch begütigend, „du werrsch jo nedd g'fresse!"

Als die Mahlzeit zu Ende war, meinten die Verzehrer: „Waasch wass, Schorsch, jetzt freß mr dein aa noch uff. Doa haschd fuffzäh Marg!"

Der Schorsch ließ sich diesen stattlichen Preis nicht zweimal anbieten. Er griff in den Sack und wollte eben sagen: „Doa hebbd'r 'n!", als ihm das Wort im Mund stecken blieb, denn in der Hand hielt er ein Sofakissen.

„Noa schdegge mir a unser Geeld widder ei“, erklärte ungerührt die Sauf- und Fresskumpanei, „wenn du uns bedrieche willschd!“

Der Schorsch sprach für eine ganze Weile gar nichts, aber schließlich bekam er doch sein Geld, sind doch Jäger untereinander zwar zu allerhand Streichen aufgelegt, aber ehrlich, grundehrlich!

Der Schulzen-Chor

Sehr zu Unrecht werden gelegentlich unsere Bürgermeister als bloß einseitig verwaltungsbegabte Menschen abgetan, obwohl gerade dieser Art Beamter oft ein hoher und geradezu edel zu nennender Sinn für die Kunst innewohnt. Es sind hierzuland sogar Fälle bekannt, wo bedeutende Bürgermeister geradezu die Stützen ihres heimischen Gesangvereins sind und mit ihrem gepflegten Organ das Programm der Vereinsfeiern wesentlich bereichern und verschönen.

Es soll daher auch die nachstehend berichtete Begebenheit eine Ehrenrettung für die musische Begabung unserer singenden Bürgermeister sein. Sie ereignete sich in einem der hiesigen Dörfer, wo unlängst auf der Gemarkung eine Treibjagd stattgefunden hatte. Nachdem das Gekrache der Schrotflinten und das Rufen der Treiber verklungen war, begann in einer Dorfwirtschaft der „letzte Trieb", welcher im Grunde auch eine Art Treibjagd darstellt, treiben sich doch die Weidgenossen gegenseitig an, ein Schnäpschen und ein Glas Bier nach dem anderen die Gurgeln hinabzujagen.

Der „letzte Trieb" war eben an einem seiner Höhepunkte angelangt und vom vielen Jägerlatein bogen sich bereits derart die Balken an der Zimmerdecke, dass der Wirt erwog, sie abzustützen, als die Türe aufging und drei Schulzen, jeder einer Nachbargemeinde zugehörig, hereintraten.

Sie wurden mit einem lauten Hallo begrüßt, und kaum hatten sie Platz genommen, als schon das beliebte hohenlohesche Frage- und Stichelspiel anfing.

„Sou, hebbd'r middenander a Gemeinschaffdshummele g'kaafd?", begann es und ging weiter mit der Feststellung: „I glaab äänder, si sann z'samme a weng zu aam Amisemend auswärds g'wese!" und endete schließlich mit dem Satz: „I waass, wass loas woar, di drei hewwe an Schulze-Kohr g'grinded, doadrmied welle s' bei dr Winderfeier uffdreede!"

Die Schulzen sagten dazu nichts, nur als der Koarl anfing: „Ha, dess kou doch schier nedd sei, di drei kenne doch so wenich singe wi a Sau an Baam naufkrebsle", wurde es einem der Bürgermeister, einem sehr sangesbeflissenen Mann zuviel.

„Noa krebsel norr wahli", gab er dem Koarl zur Antwort, „i kou nehmli singe, un mei zwaa Kolleche doa aa!"

„Sell glaawe mir nedd!", meinte der Schorsch, „dess miessed ihr zerschd beweise!" Die drei Gemeindeväter weigerten sich eine ganze Weile, doch als die immer fideleren Jäger — gewiss, dass die Schulzen doch nicht singen würden — ihnen schließlich je einen Hasen boten, wenn sie ein Chorkonzert veranstalteten, schlugen diese plötzlich ein.

„Die Hoose hebbd'r loas", meinten die Kommunalsänger und nahmen Aufstellung. Sie ernannten kurzerhand einen von ihnen zum Schulzen-Dirigenten (eine Rolle, die sonst freilich nur den Landräten zusteht), und dann tönten sie los.

Sie begannen stimmungsvoll „Im schönsten Wiesengrunde", sangen sich mit dem „Sängergruß" vollends frei und trillerten dann so fröhlich wie drei Dutzend Heidelerchen.

Aus den geschulten Schulzen-Kehlen stiegen frei und wohlgebildet die Töne, die Kopfstimmen kamen klar und die Bruststimmen voll, und da alle drei nicht eben unbeleibt waren, fehlte es auch nicht am rechten Resonanzboden.

„Wer hat dich, du deutscher Wald", so fragten sie in männlichem Chore, ließen den „Jäger aus Kurpfalz" durch Forst und Auen schreiten, erzitterten dann gleichsam im „Glühwürmchen-Idyll" und verklangen mit „Guten Abend, gut' Nacht".

Stumm saßen die Jäger vor der Macht solcher Töne, und in manchem sonst so hartem Weidmannsauge blinkte die Träne.

„Doa hebbd'r 's", sprach schließlich der Jagdherr und überreichte mit erstickter Stimme die drei Hasen, und die drei Bürgermeister nahmen sie in Empfang voll des guten Gefühls, wackere Streiter im Dienste des deutschen Liedes gewesen zu sein.

Nachteinsatz

„Freinde“, sprach der Gustav mit feierlicher Stimme, als die Wirtshausuhr eben zweimal geschlagen hatte und das nicht am hellichten Tag, „Freinde, einmal gähen die schenschden Schdunden zuende, und es muss geschieden sein. Darum lasst uns von hinnen schreiten!“

Die „Freinde“ wiesen darauf hin, dass noch eine Runde Bier fällig war und versprachen hoch und heilig, alsdann gemeinsam den Gang zum ehelichen Canossa zu tun. Doch der Gustav blieb hart.

„Ein deitscher Mann helld sein Wort, auch wenn ihm noch so große Luschdbarkeiten winken“, rief er, klemmte sich seinen Mantel unter den Arm, schwenkte den Hut aufs Haupt, pfiff seinem Hund und ging hinaus in die Nacht, bereit, dem Feind ins Auge zu blicken.

Halbwegs überkam den Gustav ein herber Drang. „Heilichs Blechle“, dachte er, „hoffendlich langd’s noch haam!“ Doch es langte nicht mehr, so sehr sich der Gustav auch sputete. „Jetzt hilffd nix mäh“, stöhnte er schließlich, „ietzt mueß sei!“

Worauf er Hut und Mantel abwarf und sich in Deckung eines Misthaufens zum Vollzug begab. Fünf Minuten später sah der bleiche Mond einen frohgemuten Gustav weiterschwanken, ein heiteres Lied auf den Lippen, so wie es einem Manne zusteht, der eine gute, förderliche Tat getan.

Als er in seinem Haus verschwunden war, kam die übrige hohenlohesche Kumpanei, auch sie im Zickzackkurs wie ein Geleitzug, hinter dem ein Rudel U-Boote her ist!

Und ein solcher Zickzacker führte sie genau an den Ort, wo der Gustav Hut und Mantel abgeworfen und beim Wegmarsch vergessen hatte. Daneben lag Wache haltend

der treue Hund und einen halben Meter weiter — den Freunden standen plötzlich die Haare zu Berge — gähnte weitoffen das Mistbrühloch. Dumpf und unheimlich gluckerte es in der Tiefe. Die Mannen standen schweigend, jeder von furchtbaren Gedanken erfüllt. Wohin hatte den Gustav sein Schicksal geführt. . .?

Der Emil ermannte sich als erster: „Neigschdorzd“, schluchzte er, „neigschdorzd un jäh verbliche!“ Worauf der Koarl schrie: „Vielleicht doch noch nicht! Mir miss'n redde!“

Die Mannen räumten in Windeseile die restliche Abdeckung weg. Aber dort unten war nur Finsternis, Salmiak und Schweigen.

„Holld Schdange, Kamerade“, empfahl der Heinrich, „am beschde Epfelbrecher mit Hooke vorne-drou!“

Doch alles Rühren hatte keinen Zweck, kein Gustav kam zum Vorschein.

„Jetzt hilffd bloas noch ausbumbe“, meinte ein Mitglied des Rettungsteams, und zehn Minuten später dröhnte ein Motor durch die Nacht.

Inzwischen begab sich eine Abordnung zur Gustavschen Wohnstatt. „Soog's du seinere Fraa", raunte der Emil dem August zu, „du bischd Gemeindepflecher und kannscht am beschde reide!"

Auf das Läuten ertönten Schritte, dann öffnete sich die Türe und vor den Trauerkündern stand der Gustav im langen, suwaweißen deutschen Nachtgewand, starrte verständnislos in die tränenfeuchten Freundesaugen, bekam plötzlich den Verdacht, dass ihn seine Freunde zwecks weiteren Inhalationen abholen wollten und schrie: „I bin scho im Bett, ihr kennd ohne mi weidersaufe!"

Worauf er die Türe zuschlug. Die Drei rannten zurück. „Ooschdelle, d' Bumbe ooschdelle!", schrie der August, „er leihd nedd in dr Mischdbrieh, er leihd im Neeschd!"

Es gab noch eine lange Konferenz und eine Art Rütli-Schwur, nichts von dem Geschehen zu verraten. Einer hielt leider nicht Wort, und so steht's doch auf diesem Blatt.

Bauch-Malereien

Diese Geschichte beginnt wieder einmal da, wo infolge der Trinkseligkeit des hohenloheschen Menschen die meisten dieser Geschichten beginnen: in einer Gastwirtschaft. Sie ist in einem kleinen Ort des Hohenloher Landes zu suchen, nicht ganz in der Mitte, eher ein bisschen seitwärts, etwa gerade da, wo das hohenlohesche Herz am rechten Fleck schlägt.

In dieser Gastwirtschaft saßen einige Skatfreunde feuchtfröhlich zusammen, darunter ein kolossal leibesfülliger, aber höchst reputierlicher Metzgermeister namens Bertram, der hierorts sein nicht unbedingt verlustbringendes Handwerk betreibt. Grund des eifrigen Stemmens, Schlürfens, Schluckens und des Schmatzens (denn ein gutes Bier will geräuschvoll in- wie exhaliert werden) war, dass der stramme Bertram seinen 50. Geburstag feierte. Er musste rundum anstoßen, mit dem langen Anton und dem fidelen Heinrich und dem überzwerchen Ludwig, einer künstlerisch hoch veranlagten Person, wie man gleich hören wird.

Der Bierkonsum stieg und der Geist der vier Zecher umwölkte sich allmählich, je glänzender ihre Augen wurden. Schließlich begann der fidele Heinrich von seinen Jugendabenteuern zu renommieren, deren eines ihn, so behauptete er, auch nach Honolulu geführt hatte, wo er tätowiert worden sei. Und zum Beweis dafür entblößte er seine breite Brust, auf der in der Tat ein höchst sinnliches Damenbildnis zu sehen war, freilich halb in einer Art Filz verborgen.

„Wie beim Baffian“, murmelte der lange Anton angesichts dieser Haarpracht, aber das wurde überhört. Der Bertram dagegen besah sich das Kunstwerk mit genüsslichen Blicken und meinte, bereits etwas sprach- und denkbehindert:

„Sou a Dädowirisierung meched i aa!"

Der überzwerche Ludwig, schon schöpferisch-dämonisch angehaucht, erbot sich, mittels Farbstiften der kleinen Wirtstochter das Kunstwerk sogleich auszuführen, doch es brauchte noch einer ganzen Weile Zeit und etlicher Glas Bier, bis der Bertram seine halbkugelige Leiblichkeit auf einen Tisch legte, grunzend die Augen schloss und seine Freunde walten ließ. Diese entblößten den Bertram zunächst bis zur Gürtellinie, doch als der überzwerche Ludwig des Bertramschen Bauches und damit eines grandiosen Malhintergrundes ansichtig wurde, übermannte ihn der künstlerische Drang, und er machte ihn noch ein Stückchen weiter frei, freilich nur so weit, als es die Schicklichkeit zuließ. Alsdann benässte er ihm, zwecks besserer Farbgebung der Stifte, mit seinem Schwamm Brust und Bauch und begann zu werken.

Mit kühnem Strich zog er die Konturen, färbte rot den üppigen Kirschenmund einer feurigen Schönen, ließ golden die Haare des glutvollen Antlitzes aufleuchten und malte blaudunkle Schatten unter die schmachtenden Augen. Nur das Gesicht malte er, nichts irgendwelch Weibliches und Anstößiges sonst, denn echte Künstler sind bei solchem Wirken jenseits allen Sexes.

Nach Fertigstellung wurde der Bertram wieder angezogen und, da die Prozedur scheinbar auch ihm die letzten Kräfte abverlangt hatte, heimgebracht. Dort kam er auf irgendwelche Weise neben seinem Ehegesponst zu Bett und schnarchte friedlich in sein 51. Lebensjahr hinein.

Dessen Beginn ward keine reine Lust. Denn als seine Frau ihn wecken wollte, da leuchtete aus dem Bett des Mannes neben dem zurückgeschobenen Laken ein Mädchengesicht her. So verblüfft war sie, dass sie im ersten Augenblick nicht inneward, dass es mit ihrem Bertram innigst verbunden war, denn sobald der einschnaufte, veränderte sich das Gesicht aufs eindrucksvollste. Das Mädchen zog den Mund breit und lächelte, während es beim Luftablassen eine fast weltmüde Verachtung erkennen ließ, übrigens ein bewusster Effekt Ludwigscher Kunst. Hustete der Bertram jedoch, was etliche Male vorkam, so zwinkerte das Mädchen der Meisterin sogar ganz vertraulich mit den Augen zu.

Das war zuviel. Die erboste Gattin hieb ihrem Mann den Kehrbesen, den sie gerade in der Hand hielt, quer über den Bauch und schrie dem jäh Erweckten zu: „Dass di du nedd scheimschd, mid sou am Mensch uff 'm Ranze haamz'kumme! Gleich werschd g'wasche!"

Worauf sie abging und mit Scheuerlappen und Schmierseife zurückkam, um ihren Bertram von allen Verführungen zu reinigen. Der stand, bar jeder Erinnerung an das Ende des vergangenen Abend, da und murmelte: „Wi norr sou ebbes doa noukumme kou? Naa, 's geihd doch noch wunderlichi Sache uff derre Weld!"

Nackt am Morgen

„Wissd'r wass, ietzt gäh mr noch ins Bade", schrie der fidele Edwin, und seine beiden Freunde, der Wampen-August und der lange Pickelnasenheini, stimmten begeistert zu.

Die anderen in der frohen Runde lehnten gemessen ab. „Ihr schbinnd jo", ließ sich der Koarl vernehmen, „d' Geiger krähwe jo scho. In're Schdund wärd's Dooch!"

Das konnte aber die Mannen um Edwin nicht abhalten, sich auf ihre Schlurfraketen zu schwingen und mit donnernden Motoren hinunter ins Jagsttal zu brausen. Dort warfen sie ihre Gewandung von sich und schritten in edler Nacktheit, dem kühnen Achill vor Troja nicht unähnlich, in die leise vor sich hinmurmelnden Fluten. Nur der Pickelnasenheini gab, als er den großen Zehen netzte, für eine Sekunde einen klagenden Laut von sich.

Da Alkohol bekanntlich leichter ist als Wasser, schwammen die drei Nackedeis ohne Beschwernis flussauf und flussab. Währenddessen hatte sich freilich oben im Wirtshaus eine Verschwörung vollzogen. Der schlaue Koarl und seine Konsorten hatten beschlossen, den drei Badelustigen einen Streich zu spielen. Mit ausgekuppeltem Motor fuhren sie hinunter zum Badeplatz, schlichen sich heimlich an den Flussrand, schnappten die Kleider der Wassermänner und entschwanden heimlich in Nacht und Dunkelheit.

Nach einer Weile strebten die Schwimmer ans Ufer. Der Wampen-August entstieg dem Fluss gleich dem Gotte Poseidon, sinnig mit einer Seerose um die fleischigen Hüften garniert. Er wollte nach der Unterhose greifen, doch er griff ins blanke Nichts. Und ebenso erging es dem augenblicks gar nicht mehr fidelen Edwin und dem Pickelnasenheini, der vor sich hinbibberte wie ein Gelatinepudding im dahinsausenden Speisewagen.

„Dess hewwe di Lumbe g'machd", schrie der starke August, „denne schlooch i d'Fiess ooh, wenn i 's drwisch!"

Doch der Feind war weit, und mit ihm all das, was zur Bekleidung eines schicklich angetanen Menschen gehört. Die Flüche, die auf dem stillen Badeplatz in jener Morgenstunde ausgestoßen wurden, sind nicht wiederzugeben, und selten wurde die Morgensonne unfroher begrüßt.

Da standen drei hohenlohesche Jungmenschen im kühlen Tau, nicht anders, als sie auf die Welt gekommen, und von oben grüssten Schloss und Städtchen fröhlich herunter ins Tal.

„Mir miesse handle", sprach schließlich der Wampen-August. „Doa hilft bloass aans: Binse und Blädder um de Ranze rummbinde, un noa so schnell wie möglich haam!"

Gesagt und auch getan! Nur dass der Pickelnasenheini aus Versehen mit ein paar seine hinteren Blößen deckenden Blättern auch eine giftig zupackende Brennnessel erwischte und an diesen delikaten Körperteilen heftigst errötete, gleich einem Jüngferlein, dem einer einen schlechten Witz erzählt.

So bekleidet, bestiegen die drei ihre Mopeds, gaben Gas und jagten hintereinander her. Fast wären sie unbemerkt heimgekommen, da geriet ihnen eine Wandergruppe morgenbeflissener Sommerurlauber in die Quere. Die sahen mit Staunen, was sich da vollzog, und eine Dame mittleren Alters, erquickt und angeregt von solchem Erblicken, schrieb beim Frühstück ihrer Freundin: „Ich bin in einem Lande, in dem es noch urige Menschen gibt. Sie fahren in Binsenröckchen aufs Feld, um dort frohgemut ihre Landmannsarbeit zu beginnen."

Die Dame hat eine Ahnung von Hohenlohe!

Kuh-Handel

Wie man weiß, werden im Sommer rundum in den hohenloheschen Landen sehr viele Heimatfeste gefeiert. Dies gibt dem Hohenloher einen guten Grund, eventuell herausgeschwitzte Flüssigkeit zu erneuern. Bei einem solchen Fest nun — wo es stattfand, sei verschwiegen — saßen sich zwei schon kräftig angefeuchtete Hohenloher gegenüber, ein Bauer und ein Viehhändler.

Nachdem mit einigen Sätzen wie „'s Weeder kenned besser sei“ und ähnlich die Präliminarien erledigt waren, begann der Bauer die ernsthaften Verhandlungen mit dem klassisch-hohenloheschen Satz: „Wenn du mi jetzt froache dädschd, ob i dir nedd a Kuah z' verkaafe hädd, noa däd i nedd naa sooche!“

Der Händler bekundete daraufhin ein sehr gekonntes Desinteresse und meinte: „Wenn i di Kuah seeche kenned, däd i mir's vielleichd iwwerleiche. Awwer aufschdähne doa i desdrweeche nedd!“

„Noa werd di Kuah ins Feschdzeld g'fiehrd“, rief der Bauer, der ein gutes Geschäft witterte. „Sou a schääns Dierle hasch du no nie g'seeche. Si schdammt diräggd vun unserm ‚Koller'!“

Hohenloher sind nicht nur rasch im Wort, sie sind es auch in der Tat. Fünf Minuten später stand die Kuh im Festzelt. Sie schaute ein bisschen blöd, ließ sich aber brav durch die Stuhlreihen führen.

„No, waas sechschd ietzt?“, fragte der Bauer, doch der Händler winkte ab.

„Die hadd doch kaan gscheide Gang“, meinte er. Der Besitzer des edlen Tieres ging daraufhin hoch. „Wass“, schrie er, „kann gscheide Gang sell mei Kueh hoowe! Die hadd an Gang, dass d' Soffia Lohren vor Neid erblasse däd! ’s kou bloass sei, dass a bissle uuluschdi worre iss vun denne viele Laid doa. Wenn die aa a boar Gloos Bier im Ranze hädd, noa däd‘s noch ganz andersch laafe.“

„Prowiere mr’s“, antwortete der Händler, worauf der Bauer seiner Kuh einen Liter Bier ins Maul schüttete, und selber auch eine Maß hinunterspülte. Der Kuh schmeckte es sichtlich, und der Händler meinte generös: „Di nechschd Runde zoohl i!“

So kam’s, dass Kuh, Bauer und Händler einträchtig miteinander tranken.

„Ietzt lass nochamole laafe“, schlug der Händler vor. Und tatsächlich, die Kuh hatte einen ganz anderen Gang. „Wi d’Brimaballerina vun dr russische Schdadsouber“, meinte der Kuhinhaber begeistert.

„Awwer hinde iss immer noch a bi-bibibissle lahm“, protestierte der Händler. „Geb’re hald noch ebbes zum Saufe.“

Die Kuh war kein Kostverächter, sie trank noch ein paar Maß, und Händler und Bauer taten’s nach. Die nun folgende Vorführung war zirkusreif. Der Bauer schnelzte be-

schwingt neben seiner Kuh her, und diese schmiss die Beine wie die flotten Mädchen in der Moulin Rouge.

„'s Dunnderholl", staunte der Händler, „hadd di a Feier! Awwer 's Eider scheind mr need ganz gued z' sei."

Die beiden Mannen, schon etwas schwankend auf den Beinen, untersuchten nun den in seiner Güte bezweifelten Gegenstand. Das aber war der Kuh peinlich, sie schlug aus und zwei Hohenloher lagen auf der Erde.

„Wass, g'fährli iss aa noch", schrie nun der Händler, „noa nemm i's glei goar nedd!"

So zerschlug sich ein Kuhhandel in den hohenloheschen Landen. Die Kuh überstand den Alkoholkonsum ohne weitere Beschwerden. Nur ein braver Rentner, der sich von ihrem Besitzer am nächsten Morgen einen Liter Milch holte und ihn ziemlich rasch austrank, meinte: „Mir iss uff amoal sou dormeli. Grood wi wenn i ka Milch, sundern a Bier drunke hääd!"

Die folgsame Charlotte

Es war nach einem der für die hohenlohesche Viehzucht so ungemein bedeutsamen Märkte gewesen, dass in einer sehr angesehenen Einkehrstätte noch etliche Männer beisammensaßen und nach der äußeren Feuchtigkeit, die sie an dem regnerischen Tage genossen hatten, nun auch noch für die nötige innere Nässe sorgen wollten. Der Raum war bereits von jenem männlich herben Ruche nach Tabaksqualm, Bier und harten Schnäpsen erfüllt, der immer entsteht, wenn sitzsame Hohenloher in nächtefüllenden und förderlichen Gesprächen zusammenhocken, als der Koarl, ein tüchtiger Bauer, urplötzlich mit der Faust auf den Tisch donnerte und sagte: „Un i sooch eich, mei Scharrlodde, di folchd mir uffs Woard, wi a Schoasshuundle folchd mr di!"

Nun darf man nicht glauben, dass der Koarl in solch despektierlicher Weise von seinem Eheweib sprach (er hätte sich einmal trauen sollen!), sondern was er meinte, das war eine ihm gehörende Kuh, ein sanftäugiges Wesen vom fränkisch-hohenloheschen Hochzuchtschlage.

Natürlich wurde diese Behauptung bestritten, und wer sie am meisten bestritt, das war ein in weiten Kreisen bestens renommierter Auf- und Verkäufer heimischhällischer Säue. Er erklärte sich, nachdem man lange und heftig gestritten, bereit, drei Flaschen Wein zu bezahlen, falls es dem Koarl gelänge, seine Kuh Charlotte zum vorderen Eingang des Gasthauses herein und zum hinteren hinauszubringen.

„Ha, dess mach i", tat der Koarl und entschritt. Eine Viertelstunde später — die Uhr hatte kurz zuvor Mitternacht geschlagen — vernahmen die Gäste draußen ein Poltern und dann den in höchsten Schmeicheltönen flötenden Bass des braven Koarle: „Kumm norr, Scharrlodde, kumm norr. . ." Das weitere ging in einem unverständlichen Gebrumme unter. Dann fuhr die Türe auf und herein marschierte stolz der Koarl und auf dem Fuße folgte ihm, wie er's gesagt, Charlotte, die tugendsame Kuh.

Sie waren eben zwischen Stammtisch und Theke angelangt, als ein großer Jubel ausbrach, weswelchem Gelärm die Kuh inbrünstig erschrak und — auch bei Tieren schlägt sich solches auf den Darm — das tat, was sie nun einmal von Natur wegen lassen musste. Zum Glück ward niemand heftig betroffen (auch der wettlustige Viehhändler konnte sich gerade noch retten) und dann war schon der Koarl mit seinem etwas groß geratenen „Schoasshuundle" zur hinteren Türe hinaus.

Ehre, wem Ehre gebührt, die drei Flaschen Wein wurden anstandslos bezahlt und man war eben mitten in der Gemütlichkeit, als der Koarl meinte: „Wissdr' aa, warum di Scharrlodde sou ufärchdi in d' Gaschdschduuwe neimarschierd iss? I hob're aafach drausse vor dr Diere gsochd: ‚Brauchschd di net färchde, Scharrlodde, doe drinne san noch mäh Rindviecher!' Un uff de erschde Blick had's gseche, dass des woar iss!"

Nur für reife Leser

Ein heller Mond hing an einem frostklaren Himmel und blickte bleich in die Fenster eines hohenloheschen Dorfwirtshauses hinein. Dort drinnen saßen neben Dorfbewohnern fünf Jäger, aus einem benachbarten Ort zugeschritten und nun einer späten Heimkehr gewärtig. Das Bier rann fröhlich in sie hinein, und zu jedem Bier ein Schnaps, war es doch bitter frostig draußen und der Weg weit.

Einer der Dorfmänner hatte einen jungen Dackel bei sich, einen glatthaarigen kleinen Gesellen, der so traurig dreinschaute wie manche Kandidaten nach der letzten Bundestagswahl.

„Där däd mir a g'falle", sagte schließlich einer der fünf Jäger, der lange und ernst in die treuen Hundeaugen geblickt hatte, „sou a Daggele kou ganz nitzli sei uff dr Jachd! Wenn 'r nedd z' deier wär', mid mir kennd mr reide!"

Es wurde lange geredet, und endlich wechselte „das Daggele" seinen Besitzer.

Damit war auch Zeit zum Aufbruch. Laut knirschte der Schnee vom Tritt der starken hohenloheschen Jägerwaden, ein herber Wind blies über die Hochfläche, und so „bliesen" die Jäger auch immer wieder einen, freilich nicht auf dem Horn, sondern aus der vorsorglich mitgeführten Flasche mit edlem geistklarem Zwetschgenwasser.

„Mr mueß schließli aa an sei Familie denge", murmelte einer der fünf Männer, „un si schitze vorem Erfriere. Obwohl, 's kennd jo nett viel bassiere, mir hewwe jo an Bernhardiner drbei."

In diesem Augenblick winselte der „Bernhardiner" im Rucksack schmerzlich auf.

„Gell, s' frierd di, du arms Huundle", sagte sein neuer

Inhaber, „kumm du sellsch bei mir nedd under Kälde leide!“

Und mild, wie Hohenloher nun einmal sind, nahm er den Dackel heraus, knöpfte seine Jägerjacke auf und noch ein Stück von der Hose und steckte den kleinen Kerl hinein. Sorgsam schloss er dann wieder den Rock und marschierte weiter, ein Mensch, so sozial- und gutdenkend wie ein Kandidat von der Oppositionspartei.

Nach einer kleinen Weile, denn der Weg war lang, drängte das von der Weidmannschaft genossene Bier auf natürlichem Wege nach außen. Zuerst spürte der eine, dann der andere, dann der dritte und vierte und endlich auch der fünfte einen sanften Druck auf dem Jägerbläslein, und so stellten sich die fünf Mannen in einer Reihe auf, gaben sich gegenseitig Windschutz und trafen alle zu solchem Vollzuge nötigen Vorkehrungen.

Nun ging das bei allen gut, bis auf den Mann, der das „Daggele“ sozusagen untergeschnallt hatte. Der erwischte nämlich in der leichten Unklarheit seines Geistes eines der vier Dackelfüßchen und hielt es ins Freie. Eine kleine Weile stand er, stumm, dann schüttelte er den Kopf, versuchte es nochmals, schüttelte erneut das Haupt, tat einen dritten Versuch, dann gab er es auf und murmelte:

„Merkwärdi“, sagte er, „ganz merkwärdi. I här‘s alleweil blädschere un vorne kummd nix raus!“

Was auch physikalisch durchaus seine Richtigkeit hatte, denn ein Dackelfüßchen kann nun einmal beim besten Willen nicht von sich geben, was eine durstige Jägerkehle genossen hat.

Türkischer Gulasch

Wer das Glück hat, zufällig in das kleine hohenlohesche Dorf zu kommen, in dem der Abendscheins Frieder, genannt der „Menie“, wohnt, der kann sich dort die Geschichte vom „Türkischen Gulasch“ erzählen lassen.

Ihr Held, der „Menie“, hat seinen Spitznamen von seiner Vorliebe für gutes Essen. Er beruft sich, wenn die Sprache darauf kommt, auf seine kulinarischen Erlebnisse „in ganz Eiroba“, hatte er doch als Landser sowohl am Nordkap wie an der Biskaya gestanden und dort die köstlichsten „Menies“ genossen.

Seine zweite Liebe gehört seinem Hund „Sultan“, einem mit tieftraurigen Augen, Watschelohren, krummen Beinen und einer korkzieherartigen Rute behafteten Hundsgetier, an dessen Ahnenreihe Vertreter sämtlicher bekannter Hunderassen mitgewirkt haben müssen.

Dieser Tage nun behauptete der „Menie“, übrigens ein hartgesottener Junggeselle, dass es kein Gericht gäbe, das er nicht kenne. Der Max und der Albert, zwei echte hohenlohesche Schlitzohren, sahen sich daraufhin augenzwinkernd an, flüsterten kurz miteinander und meinten dann: „Awwer an därggische Gulasch, dess haschd doch noch nedd gesse! Du waschd noch neddemoal, aus wass’r g’macht werrd!“

Der „Menie“ erklärte sich daraufhin bereit, die gesamten Kosten des Gerichts, das der Albert und der Max kochen sollten, zu bezahlen und die Getränke dazu, wenn er den „Därgischen Gulasch“ nicht sofort als eine ihm längst bekannte Speise identifizieren könne.

Am nächsten Abend, so gegen neun Uhr, traf sich die ganze Kumpanei wieder im „Ochsen“. Aus der Küche drang herrlicher Gulaschduft, der Albert und der Max streckten für einen Augenblick die von Kocheifer erhitzten Köpfe herein und verschwanden wieder als sie festgestellt hatten, dass der „Menie“ da war. Eine halbe Stunde später kam eine Riesenschüssel auf den Tisch, in der ein köstlich wohlriechender Gulasch schwabbte. Leckere Fleischstücke schwammen zwischen Bohnen, Zwiebeln, Erbsen, Karotten, Tomaten und was sonst der Garten zur Zeit hergibt.

Der „Menie“ kostete mit geschlossenen Augen, schmatzte dann gleich einem hungrigen Igel und legte, ehe er seine Meinung kundtat, zunächst einmal los, mit ihm das halbe Dutzend geladener Gäste. Als die Schüssel beinahe leer war, gab sich der „Menie“ nochmals den Anschein eines großen Gourmands und stellte fest: „Dess woar a ganz aafacher Hammelgulasch, wi mr'n iewerool krieche kou!“

„Falsch“, sprach der Max, „dess woar a echder därggischer Gulasch!“

„Un warum“, wollte der „Menie“ wissen, „warum grood därggisch?“

„Ha“, sagte der Albert da ganz schlicht, „wall dei Suldahn drinne woar. Denn hewwe mr vorhin g'fange un g'schlachd'd!'

Der „Menie“ stieß einen Heulschrei aus, der auf hoher See selbst im dicksten Nebel noch zwei Seemeilen weit zu hören gewesen wäre, und ging ab.

Daheim fand er den „Sultan“ tatsächlich nicht vor, und er kehrte wutentbrannt zurück in die Wirtschaft.

„Doa muess d'Bolizei her“, ließ er sich vernehmen, „ins Zuchdhaus g'härd ihr Verbrächer weche Diergwählerei. Schlachde solld mr eich alli midderander un in Gulasch doane, dass 'r wissd, wi sou am Dierle z' mued iss!“

Wer weiß, ob den „Menie“ nicht noch der Schlag getroffen hätte vor Aufregung, wenn nicht unter dem Tisch ein vertrautes Bellen hervorgeklungen wäre. Dort saß der „Sultan“ quicklebendig und wedelte seinem Herrn zu. Der Max und der Albert hatten ihn nur für eine Weile entführt.

Der wackere „Sultan“ bekam zur Entschädigung den Rest des „därggischen Gulaschs“ und fraß sich damit also sozusagen selber auf.

Geheimnis der Nacht

„Häerschd“, flüsterte letzten Winter — der Mond schien bleich und wissend über das schneebedeckte Land — eine hohenlohesche Lehrersgattin zu ihrem wie ein unfroh erwachter Uhu aus den Federn blinzelnden Gemahl hinüber: „Häerschd, doa iss ebbes!“

Tatsächlich, irgendwo im mit der Lehrerwohnung verbundenen Schulhaus ging ein Wesen um! Eine Tür schlug, ein Schlag erklang! Was war’s, das da wandelte? Keine Antwort kam aus Dunkelheit und Nacht! Nur der Mond schien bleich und wissend. . .

Der Lehrer schickte sich an, seine Pflicht zu tun. „Mou, bleib im Neeschd“, wisperte die besorgte Gattin, „s’ kennd a ganz gfährlicher Eibrecher sei!“

Doch den Tapferen hielt das nicht! Er schürzte das lange, schlafsympathische Nachthemd unter einen Morgenrock und ging ab. Hinter ihm folgte, zitternd zwar, aber mutvoll bereit den Gesponst in der Stunde der Gefahr mit Leib und Leben zu decken, die Lehrersfrau.

So wandelte das Paar über die Treppe dem Geräusch entgegen. Es hing hier und dort im Haus, unbestimmbar, aber greifbar fast. Und dann, wieder ein Knall. Jetzt war es klar: In der zum Hof hinausführenden Schulküche musste der Eindringling sein.

Schon war der Mann bereit, die Türe aufzureißen, da krachte es drinnen wie Donnerschlag! Ein Stöhnen folgte, ein grauenvolles Geächz! „Doa wärd aaner oodachdeld“, meinte der Lehrer, und jetzt war auch bei ihm ein Hauch von Angst im Gespräch.

„Ruef de Bärchermeischdr ou!“, rief die Lehrersfrau. „Allaans kannschd du doa nedd nei!“

Leise erfolgte der Rückzug. Der Bürgermeister versprach zu erscheinen, fünf Minuten später traf er ein, seinen Sohn dabei. Ein schwerer Knüppel ragte aus der kommunalen Faust.

„Auf gähd's", schrie der wackere Bauernschulz, „dem Feind entgeechen!"

Aufflog die Türe vor dem Ansturm der hohenloheschen Mannen. Sie drängten durch die Tür, bereit das Staatsgut zu hüten und zu wahren.

Und was sahen sie? Vor dem großen Schulküchenherd lag eine vielzentrige Sau, und sie schnarchte nach der herben Wanderung, die sie durch die Nacht bis in die Schulküche getan hatte, laut und glücklich vor sich hin. Innig ringelte sich das Schwänzlein am gewaltigen Hintern.

„Wemm ghärd'n die?", rief verwundert der Bürgermeister.

Der Bub sah genauer hin: „Uns, Babbe", meinte er dann, „dess iss die, wue uns schon zwaamoal durchgange iss!"

PS.: Sie lebt nicht mehr, die Gute, schon zwei Tage später ging sie in die Wurst ein. Dem Schulzen wollte freilich die Metzelsuppe nicht recht schmecken, denn es kamen viele zum „Wuerschdhoofeschdupfe" und fragten so beiläufig, was neulich im Schulhaus los war. In. . ., nein, den Ort verraten wir lieber nicht. Der bleiche Mond weiß es. . .

Lied in der Nacht

„Horch, Fraa“, sagte neulich spätabends der Fuchsbauer zu seinem neben ihm im ehelichen Pfühl ruhenden Weib, „doa singd doch ebbes?“ Die beiden lauschten zum Fenster hinaus, und tatsächlich, da war ein fernes Singen in der Luft, ein geheimnisvoller, fast sphärenhafter Klang, der durch die Nacht und über die Dächer zu ihnen kam.

Doch nicht nur der Fuchsbauer und seine Bäuerin hörten das schöne Lied, es waren noch viele andere Bewohner jener hohenloheschen Gegend, die es erlebten. Der Auguscht, ein alter Rentner, vernahm es bei der Heimkehr vom Kartenspielen so kurz nach Mitternacht und ein junges Liebespaar wurde noch später erschreckt. Es strich gerade an einem Waldstück vorbei und war inniglich beschäftigt, als über seinen Häupten das Singen ertönte. Das Paar flüchtete in beinwerfender Emsigkeit, denn ein Ahnen war in ihnen, als könne da Pan gesungen haben, der bocksbeinige Gott der Fruchtbarkeit und Fülle in der Natur.

Als Zeugen des einsamen Nachtgesanges wären auch noch Bürgermeister, Pfarrer, Chorleiter und ähnliche Menschen zu nennen, die alle berufmäßig gelegentlich zu längerem nächtlichen Sitzen verleitet werden.

Wer war der Sänger? Wie kam es, dass seine Stimme so überirdisch, so einsam klang, als schwebte sie von unermesslicher Höhe herab auf die Erde? Wenn der Urheber es nicht selbst gesprochen, nie würde man es erfahren haben und eine neue Sage wäre entstanden vom Sänger ohne Kopf im finsteren Tann.

Dabei war die Sache so ganz einfach und schlicht. Der Sänger, ein weitum bekannter Bürger und Weidmann, hatte sich in sein Revier begeben und dort mittels einer Hakenleiter einen an die zwanzig Meter hohen Baum bestiegen. Grund für diese auch sportlich wahrhaft große Leistung war, dass er von der Höhe dieses Baumes einen selten ungetrübten Blick auf eine verborgene kleine Waldwiese hatte, auf die Rehwild in Hülle und Fülle austrat, wenn es Zeit für die Äsung wurde.

Er saß bereits oben und die Jägerbrust schwoll vor dem herrlichen Anblick, der sich da bot. Ein Stück kapitaler als das andere! Unversehens tat da das Herz einen Hupfer, und der veranlasste auf psychophysische Weise, dass sich die Hand mit der Leiter öffnete, diese plumpste geräuschvoll nach unten, das Wild entschwand und unser Mensch saß oben, zwanzig Meter Abgrund unter den hilflosen Füßen.

Zuerst wollte er es ohne Leiter versuchen, aber in der jäh hereingebrochenen Dunkelheit fand er nicht den richtigen Halt und sah sich schon — Vater von drei hilflosen Kinderlein und einem fröhlichen Weib — zerschmettert auf dem Waldesgrund liegen.

„I glaab, i muess hoggebleiwe, biss 's hell wärd", sprach der Mann humorig zu sich selbst, band sich mit seinem Gürtel an einem Ast fest und ließ die Zeit verstreichen. Sie verstrich unendlich langsam, dem Manne ward allmählich kalt und Einsamkeit legte sich um das tapfere Herz.

Da, gedankt sei dir, heilige Cäcilia, fiel ihm ein, dass er ja Sänger und nicht nur Jäger war. Und nun ließ er sie quellen, die reinen Töne. Wie wundervoll erschien auf einmal die Nacht, wie lieblich kamen sie aus dem Mund, die heiter-besinnlichen Schwingungen edlen Gesangs! „Der Mond ist aufgegangen", so sang der Mann auf der Höh', und „Im schönsten Wiesengrunde", und Paul Gerhardt und Friedrich Silcher.

Die Rehe im Wald spitzten die Ohren, der Mond ließ für ein paar Sekunden die auf ihn zusausende sowjetische Rakete aus dem Auge, der Fuchsbauer hörte ihn, dessen Weib, die Bürgermeister, Chorleiter und Pfarrer, andere Spätheimkehrer und das erschrockene Liebespaar.

Als sie sich gesammelt hatten, waren sie alle in ihrem Urteil einig: „Sou schää hadd noch nehmer gsunge!" und ein altes Weiblein, das ein heftiger nächtlicher Drang erfasst, ward von dem Lied besonders innig berührt. „Grood als wenn a Engel norr fär mii jubiliere dääd", sprach es, und tat so unter ganz persönlich empfundener Sphärenmusik, was alte Weiblein eben manchmal nächtens tun müssen.

INHALT